À minha mãe

A vida não passa de uma sombra ambulante, de um pobre ator que se pavoneia e se agita ao dizer sua fala sobre o palco, e depois é esquecido. É uma história contada por um idiota, cheia de som e fúria, e que nada significa.

SHAKESPEARE, Macbeth

Madalena,

VAZIOS

Tudo é escuro nesse cativeiro. Onde estão a mamãe e o papai? Tudo é ausência nesse lugar. Onde estou? Ouço barulho lá fora. Há quantos dias estou aqui? Não sei de ninguém lá de casa. Cadê o Alberto? Eu estava no meu quarto em Petrolina. Estava aqui com a minha boneca e as minhas coisas. Cadê as minhas bonecas? De repente, entraram três homens e me mandaram ficar nua. Não, eu não sei onde está o Alberto! Juro, moço, que eu não sei. Eles vão me bater… Socorro! A luz se acende. Uma moça de cabelos vermelhos entra no quarto. "Mãe, volta já pra cama." Não sei quem é essa mulher. Por que me chama assim? "Mãe, é hora de dormir." Explico que tem três homens no quarto, ali, parados, rindo de mim, e ela ignora o que eu digo. "Mãe, não tem ninguém aqui. Olha, toma o seu remédio." Ela quer me envenenar. Agora, entendi tudo. Foi ela que me deixou presa aqui nesse cativeiro e agora quer me matar. Ela me dá o veneno. Tremo. Empurra o copo de água e diz impaciente: "Bebe". Finjo tomar, mas coloco a pílula debaixo da língua. "Mãe, engole logo isso. Tanta gente precisando comprar remédio sem poder e a senhora jogando medicamento fora." Não quero tomar. Sei que vai me matar. "Engole", diz mais uma vez, empurrando o copo de água na minha boca. Tremo. Só me resta agora morrer. De repente, tudo fica distante. Cada vez mais distante... A mulher cujo nome não sei me deita na cama. Todos os fantasmas do quarto me observam. Alberto sorri piedoso. Todos eles se misturam e desaparecem na escuridão.

Acordo. Saio do quarto sem saber onde estou. Ouço o barulho dos carros. Sirenes passam estridentes. Vozes. Muitas vozes. A janela me mostra uma rua repleta de gente desconhecida. Pessoas andando para lá e para cá. Carros emparelhados num viaduto. Saio do quarto. Uma sala grande, simples, austera. Uma moça de cabelos vermelhos grita ao telefone: "Ela tá assim, filho da puta, porque você fez o favor de limpar todas as economias dela. Cadê o dinheiro dela que tava na poupança?". Olho em volta. Não sei que lugar é esse. Cadê o Alberto? "Eu preciso de ajuda! Tá ouvindo, seu escroto? Quero minha vida de volta! Não, eu não tenho como sustentá-la! Você sabe muito bem que não tenho salário fixo. A mãe também é sua, seu ladrão!" Quando me vê, a moça desliga. Está chorando. Ela me segura o braço e me leva para a cozinha. "Mãe, toma o seu mingau." Cadê o papai? Eu não sei onde estão as minhas coisas. Ela me leva para frente da televisão e me entrega uma caixa. Pego um novelo de lã e começo a desalinhá-lo. Passa o tempo. Ela vem e briga porque eu desorganizei tudo. Manda que eu vá para a varanda enquanto prepara o nosso almoço. Cadê o Alberto? "Mãe, vem almoçar." Digo que quero almoçar em casa. Minha mãe vai brigar se eu não almoçar lá. A mulher responde que hoje vou almoçar aqui. Por que tenho que almoçar num lugar que eu não conheço? Um gato sobe nas minhas pernas e me assusto. Não gosto de gatos. A moça estranha tira o gato do meu colo e leva para a área de serviço.

    O apartamento é muito barulhento. Entre samambaias e vasos de flores, vejo uma foto de Alberto. Essa moça conhece o Alberto! Olho a foto. Eu, Alberto e as nossas crianças. Digo que preciso ir porque não posso deixar minhas crianças sozinhas.

"Mãe, a senhora tem setenta e cinco anos. Não tem mais nenhuma criança." Ora, quem é essa mulher para dizer que não tenho filhos? Tenho setenta e cinco anos e dois filhos: um de cinco anos e outra de dois. Cadê meus filhos? Preciso ir. Meus filhos não podem ficar sozinhos! A moça extravagante de cabelos vermelhos entrega um prato e me manda comer. A comida é muito ruim. Quero voltar para casa. Minha mãe está me esperando. A moça me olha triste e diz: "Mãe, por favor, me ajuda". Tenho pena da moça. Ela lembra minha irmã, Maria Lúcia. É isso! Ela é a Maria Lúcia. Maria Lúcia morreu de câncer. Não, Maria Lúcia está aqui. Sorrio para Maria Lúcia. Tenho pena dela. Por isso, como tudo o que me dá. Enquanto dobro e redobro o guardanapo, Maria Lúcia me conta que hoje vai ter que se ausentar. "Mãe, hoje preciso sair daqui. Consegui uma revisão e preciso pegar o material na faculdade. Minha vizinha vai ficar aqui com a senhora, tá?".

Maria Lúcia está com os cabelos vermelhos. Tenho saudade de Maria Lúcia. Principalmente das brincadeiras de infância. Acho que ela quer brincar de novo. "Vamos embora, Maria Lúcia? Vamos brincar?" Maria Lúcia, com os cabelos vermelhos, suspira. Me dá um monte de remédios e chama a vizinha. A mulher entra. É uma mulher gorda, espalhafatosa e artificialmente simpática. "Dona Madalena, vamos ver tv?" Tenho medo da mulher. Quero minha mãe. Meus pais devem estar preocupados. Ela ri. Não gosto dela. Quero ir embora. Ela espera a mulher de cabelos vermelhos sair e me deixa na sala. Entra no quarto da moça e começa a mexer nas coisas dela. Pega o cigarro. Liga para alguém e me observa. Depois, enfia um monte de comprimidos na minha boca e sai. Tudo escuro. Estremeço.

Acordo com a boca seca. Me sinto tonta. A sensação estranha de que morri por algumas horas. Ouço barulho na sala. A moça de cabelos vermelhos chega em casa e não está só. Ela vem com um preto. Os dois entram no quarto e fazem barulho. Maria Lúcia está com um preto! Papai vai brigar. Maria Lúcia, sai daí. O papai tá chegando, Maria Lúcia! Maria Lúcia sai brava comigo, me empurra para o quarto e pede para eu ficar quieta. Ela vai até o rapaz e o manda ir embora, os dois discutem e ela bate a porta com força. Fico encolhida no canto do quarto, choro com medo. A porta se abre. Mamãe, tô com medo! Não sei onde estou... Minha mãe me abraça, me põe na cama e me acaricia os cabelos. Eu rezo. Tenho medo do que não conheço. Minha Virgem Maria, me protege desse medo! "Sossega esse coração, Madalena! Você tá segura. Todo o sofrimento agora passou. Não tema. Você está com a sua filha!" Durmo, embalada pela doce voz da Virgem Maria.

Uma moça de cabelos vermelhos me acorda com remédios. Engulo tudo, cumprimento-a com um sorriso e pergunto o nome dela. Ela tem o nome da minha filha. Digo que vou morar com a minha filha e ela sorri. A moça me dá banho. Troca a minha roupa e me dá um belo café da manhã. "Vamos tomar um sol, mamãe?" Caminha comigo na rua, cumprimenta os vizinhos e todos me dão um sorriso gentil. Entramos num apartamento de sala grande, simples e austero. Entre os cestos de samambaia, vejo a foto de Alberto. Eu, Alberto e as crianças. Procuro as crianças. Será que já voltaram da escola? Preciso pegar meus filhos na escola. Uma moça de cabelos vermelhos me olha triste. Ela segura a minha mão e sussurra algo que não consigo entender.

Tenho pena da moça. Parece tão triste! Converso para animá-la. Digo para não se preocupar porque quando meu pai chegar eu vou pedir para ele ajudá-la. Rezo e coloco a moça de cabelos vermelhos em minhas orações. Ela vem com um copo na mão. Tomo mais um comprimido. Tudo fica desfocado. Ouço a voz: "Madalena, aqui é a Virgem Maria. Sossega o teu coração. Teu marido não vem. Ele não tá mais aqui. Aliás, ele nunca esteve. Teu marido te largou, Madalena. Deixou você e os filhos para ficar com uma menina. Fica em paz, Madalena. Apazigua esse teu coração". Minha santa, Alberto não me deixou. Ele ainda não chegou. Cadê o Alberto? Por que ele está demorando tanto? "Para de se enganar, Madalena. Ele não virá mais. Morreu nos braços de outra. Você e eu estamos aqui sozinhas, enganadas e largadas pelos homens dessa família." Cadê o Alberto? Quero a minha máquina de costura. Cadê a máquina de costura? Tenho que entregar os vestidos da dona Ana. Alice, minha filha, pega os vestidos da dona Ana. Ô, Alice, vem logo minha filha!

Acordo. Uma moça de cabelos vermelhos dá bom dia. Me dá um banho, troca minha roupa e entrega alguns remédios. Diz que hoje vamos visitar uma amiga. Respondo que não posso ir porque estou esperando o Alberto. Alberto não gosta que eu saia. É muito ciumento. "Ciumento, mas não pensou duas vezes na hora de te abandonar." Não gosto dessa moça. Vou dizer pra mamãe mandar ela embora. Fico com raiva e tento agredi-la. Mais tarde, sou jogada bruscamente dentro de um carro. Entramos numa casa. Na sala, várias pessoas estão sentadas. "Bom dia, dona Madalena", fala uma moça morena que eu nunca vi. "Tá boazinha?", pergunta. "Alice, sua mãe é a próxima." Sentamos e esperamos. A porta se abre. Uma senhora me manda entrar. Faz um monte de perguntas que eu não sei responder. Fico incomodada. Não gosto de responder tanta coisa para uma desconhecida. Não quero falar. "O estado da sua mãe piorou, Alice. A doença está avançando. Vamos ter que mudar toda a medicação." A mulher de cabelos vermelhos parece desconsolada. Quero ir embora. Minha mãe deve estar preocupada.

Entramos num apartamento com a sala grande, simples e austera. Entre duas samambaias, a foto de

Alberto comigo e com as crianças. Não sei de quem é essa casa. Quero ir para minha casa que fica perto daquela praça, naquele lugar... Onde é mesmo? Peço para a moça de cabelos vermelhos me deixar em casa e ela responde que já estamos nela. "Vamos almoçar, mamãe?" O telefone toca. Ela se exaspera. "Você não entende? Não posso mais. Não, eu não posso mais. Eu também não estou feliz com essa situação. Ela tá doente. O que você quer que eu faça? Eu só esperava que você me entendesse. Mas se não consegue me ajudar nessa situação, volta para a tua mulher e continua sendo com ela o escroto que tu sempre foi!" Ela desliga, brava. Vai para a cozinha, queima a comida e esbraveja infeliz. Tenho pena da mulher de cabelos vermelhos. Passo as mãos nos seus cabelos e a ajudo a arrumar os pratos. A mulher me olha com carinho e sorri. Ela me leva cuidadosamente para a sala, deita no meu colo e chora. Ficamos assim até ela secar todas as lágrimas, toda a raiva, toda a tristeza. "Se a senhora ficar bem, nós vamos visitar a tia Vera no final de semana, tá?" Eu digo que sim para não contrariar, mas tudo o que eu queria era voltar para minha casa.

Pergunto pra mulher de cabelos vermelhos: "Por que o Alberto está demorando tanto? Será que ele me deixou?". "Sim, mamãe, ele te deixou. Ele não vai mais voltar e é inútil esperar". Aquilo me agride. Tenho ódio dessa mulher. Foi com ela que o Alberto me traiu. Uma mulher de cabelos vermelhos. Uma mulher qualquer. Eu digo que ela não tem vergonha na cara, que sai com homem casado e não respeita a sagrada família. Ela se levanta chocada, sai furiosa e tranca a porta da casa. Começo a tremer. A sala gira. Um gato preto e branco me assusta. Grito. Chamo a polícia. Tento fugir.

Uma mulher de cabelos vermelhos entra na sala e me puxa pelo braço até um quarto. Sou jogada numa cama e obrigada a engolir remédios. Tudo fica em segundo plano. As imagens se desfocam e grito mais uma vez pedindo ajuda para a Santa Maria. "Madalena, tua filha também não sabe o que fazer. Deixa o Alberto em paz. Deixa o Alberto ir." Eu soluço, e meu soluço atravessa o meu desespero. Minha santinha, eu não sei o que fazer. Como eu vou cuidar de duas crianças sozinha? Minha santa, eu tenho medo de ficar só. Eu não sei o que fazer com essas crianças. Eu não imaginava que ia ficar assim tudo tão confuso. "Madalena, tenha calma. Viva um dia de cada vez. Tua filha está contigo e ela também precisa de ti." Minha santa, cadê a minha menina? Eu não sei cuidar dela. Não sei o que fazer para a minha menina não se perder como eu me perdi. "Madalena, você fez o que foi possível. Tua menina vai descobrir sozinha como não se perder." Minha santa, é uma coisa em cima da outra. Eu não entendo mais nada. É só essa ausência engolindo tudo. "Madalena, não pense mais no passado e no futuro. Viva só o presente. Aprenda a aproveitar o momento." Minha santinha, não me deixa! Me ajuda a cuidar dos meus filhos. Não vou conseguir sozinha.

Acordo. Uma moça de cabelos vermelhos me dá bom dia. Pergunta se dormi bem e me dá alguns comprimidos. Digo que estou preocupada porque o meu filho Luís ainda não chegou da escola. "O Luís, sempre o Luís. Seus cuidados sempre foram para o Luís." Respondo que o Luís é muito animado e enche a casa de alegria. Não sei por que, mas a moça de cabelos vermelhos não gosta do Luís. "Enche a casa de alegria, mas foi o teu filhinho querido que te roubou. Depois que tirou tudo o que você tinha, ele zarpou. E, mais uma vez, é comigo que você precisa contar, né?" Não gosto do jeito que ela fala. Essa moça é muito melindrosa. Por que fala do Luís se nem o conhece? O Luís é bonito. Puxou ao pai. As moças todas ficam loucas por ele. Talvez, essa moça seja mais uma dessas meninas que o Luís namorou. Coitada! Não discuto com ela. Arrumo a gaveta. Coloco todas as coisas no chão e mijo em cima. A mulher de cabelos vermelhos olha com raiva, bate a porta e me deixa só naquele lugar.

Ausência.

Não sei onde estou. Por que estou aqui sozinha? Preciso chamar a polícia. Santinha, minha santinha, cadê você? Me ajuda, minha Virgem! Me deixaram só aqui. Ave Maria, cheia de graça. Que lugar é esse, meu Deus? "... livrai-nos do fogo do Inferno, levai as almas todas para o Céu e socorrei principalmente as que mais precisarem". Eu estou necessitando, Senhor! Eu estou há dias neste cativeiro. Trancada neste lugar sem saber onde estou. Me salva, meu Jesus Cristinho. Cadê os meus filhos? Cadê o Alberto?

Não deixem as crianças sozinhas com o Antônio. Mãe, eu não quero os meus filhos com o Antônio. Você já sabe o que ele fez... Mãe, me tira daqui! Hoje eu não vou à escola. A Alice tá doente. Minha filha vai brincar comigo de boneca. Eu, ela e a Maria Lúcia, até o Alberto chegar...

Uma moça de cabelos vermelhos chega. É tarde. Muito tarde. Entra cambaleando pela casa. Está com cheiro de bebida e vômito. A moça me olha com desespero, chora e me xinga. Não entendo o que ela me diz. "E sabe o que eu fui fazer, mãinha? Fui dar! Isso mesmo. Eu dei! Dei bastante, como a mais puta das putas. Pra me lembrar que ainda sou mulher. Foda-se o seu moralismo. Foda-se a sua religião. Foda-se a sua filhinha perfeita. Eu sou mulher. Fêmea que não fica esperando o homem que nunca vem. Fêmea que não precisa da ajuda de um escroto e de um filho ladrão. Vou morrer sozinha. Mas, pelo menos, eu antes matei todos os meus fantasmas." A moça entra no banheiro e bate a porta. Depois sai do banheiro toda molhada e me leva tropeçando em direção ao quarto. Caímos no corredor estreito. Bato minha cabeça na parede e grito de dor. Ela ri. Depois chora e me pede perdão. Tenho pena da moça. Deve ser muito difícil ser assim tão desamparada.

Acordo. Tudo é ausência. Saio da cama e procuro minha família. Cadê as crianças? Cadê o Alberto? Onde está a moça de cabelos vermelhos? Entro numa sala grande, simples e austera. Tudo vazio. Entre duas samambaias, a foto de Alberto comigo e com as crianças. O Luís sumiu. O Luís sempre some. Desde muito cedo, eu compreendi que eu perderia o Luís. Abro a porta e vejo a moça de cabelos vermelhos deitada. Ela dorme profundamente. Parece morta. Olho para a moça e vejo se está bem. Ela acorda de sobressalto, com um grito de terror como se tivesse visto um fantasma. Tudo bem, minha filha? Pergunto. Ela se levanta num salto, pede desculpas e começa a se arrumar. Em minutos, troca de roupa, arruma a cama e se põe a fazer as coisas mecanicamente. Está abatida. Essa mulher deve estar muito cansada.

Sento no sofá, ela me dá alguns comprimidos e prepara o café. Não escuto mais o que me diz. Pergunto sobre as minhas coisas e ela responde num sussurro. Diz que tem umas revisões para fazer, que precisa de dinheiro para pagar os meus remédios e que eu preciso deixá-la trabalhar. Pergunto onde está a minha máquina de costura e ela me entrega uma pequena máquina rosa, de plástico, com desenho de flores na lateral. Começo a trabalhar no vestido da dona Esmeralda. Cadê a Alice que não vem? Alice, corre para entregar esse vestido, menina! Aqui no Sul a coisa é diferente. As pessoas não esperam, não. Alice, ô Alice, corre para entregar o vestido dessa dona!

A rua é barulhenta. O tempo todo o zunido de carros indo e vindo. Sirenes estridentes atravessam a rua. Lembra a rua em que fui morar quando cheguei a São Paulo. Eu e os dois meninos. Sozinhos. Era uma rua no Centro, perto de um viaduto e de uma rua escura. Corre, Alice, vem ajudar a mãe na costura. Alice não vem. Maria Alice, cadê você, minha filha? A mulher de cabelos vermelhos aparece. Engulo mais dois remédios. Choro perguntando pela minha filha. Ô, minha Nossa Senhora, cadê a minha menina que não vem? "Sua menina não vem mais, Madalena. Sua menina cresceu. Ela tá aqui sozinha, tentando não enlouquecer com as dívidas.

Tentando resistir à paralisia da solidão. Tentando viver, apesar de tudo. Deixa a sua menina se esquecer, ao menos uma vez, o sofrimento. Deixa sua menina acreditar, pelo menos uma vez, que ainda pode ser feliz. Tenha pena dela, Madalena. Deixa ela ser feliz." Peço para a santa proteger minha luz, minha Maria Alice, que chora lágrimas de sangue.

Uma mulher de cabelos vermelhos me acorda. Ela beija a minha testa, me leva para o banho e canta músicas de ninar para mim. "Lembra dessa música, mãe? A senhora cantava para mim." Acompanho a moça e cantamos juntas. É a música que embalava meus filhos e com que, muitas vezes, me embalei. Minha filha dizia que, quando tivesse um neném, também cantaria essa música para ele. Assim o nosso carinho se repetiria através do tempo. Eu ri me lembrando disso e, quando vi, estava abraçando a mulher extravagante de cabelos vermelhos. Ela se emocionou. Enquanto me vestia, sorria em paz. Fomos para uma sala grande, simples e austera. Eu aponto para uma foto de Alberto que está entre as samambaias. "Vê? Essa é a minha família.", "Também é a minha, mamãe. Também é a minha.".

O sono chega depois dos remédios. De novo, a santa me chama. Sua voz cada vez mais distante. "Madalena, perdoa a sua menina por ontem. Ela precisava se sentir um pouco viva. Para a sua filha só resta o real. Ela precisa agarrar-se à realidade, apesar de toda a brutalidade da vida, para permanecer sã. Na próxima semana, ela vai trabalhar. Vai ganhar dinheiro de verdade para sustentar vocês duas. Você vai ter que ficar sozinha, Madalena. Não tenha medo. Tudo vai ficar bem." Minha santa, eu tenho tanto medo da solidão. Não me deixe só. Eu quero ir pra casa. Alberto deve estar me esperando. Ele não gosta quando eu saio. Minha santa, traz o Alberto de volta. "Madalena, o Alberto morreu. Você sabe disso. Como sabe, também, que o que sentia por ele nunca foi amor. Madalena, você se fez nele e se fez nos filhos dele. E o mais irônico é que nunca precisou realmente deles pra viver. Você vai ficar só como sempre esteve, na sombra desse homem, na sombra dos seus filhos." Ave Maria, tende piedade de mim. Agora e na hora da minha morte. Amém.

Saio do quarto. Passo por uma sala grande, simples e austera. Um gato atravessa a sala correndo e se esconde na varanda. Vou em direção à porta. Tudo trancado. Os ladrões levaram todas as minhas coisas. Preciso proteger as crianças. Cadê as minhas crianças? Os ladrões levaram meus filhos! Preciso achar um polícia. Polícia! Polícia! Socorro! Eu não sei onde estou. Que casa é esta? Onde estão meus filhos? Socorro! Alguém me salva, pelo amor de Deus. Socorro!

Ausência.

Acordo. Tudo branco. Uma luz branca que me cega. Tudo distante. Vozes que não consigo distinguir. "Mãe, me perdoa! Eu não queria te deixar só. Não vai embora, mãe. Não me deixa aqui sozinha! Eu não tenho mais ninguém. Não me deixa, mãe!" A Virgem de cabelos vermelhos chora enquanto fala comigo. Não consigo responder. A Virgem tem a cara de minha mãe. Tem a cara de Maria Lúcia. Tem a cara de Alice.

É noite. Aqui, em Petrolina, faz muito calor. Vou acordar Maria Lúcia e Eugênia para tomarmos banho de rio. Não consigo me mexer. Parece que uma parte de mim continua dormindo. Tento me levantar da cama e não consigo. Tento gritar e é em vão. Maria Lúcia, grito. A voz não sai. Minha angústia empedrada no peito. Meu corpo imóvel. Acendem a luz. Uma mulher me vira, limpa a minha bunda e troca o lençol. Sinto o cheiro da merda. Sinto o cheiro de mijo. Me envergonho, mas não consigo falar. Minha Nossa Senhora, vem me salvar. Me tira dessa prisão. Minha Nossa Senhora, por que Alberto não chega nunca?

 Entro num apartamento antigo. A sala é grande, simples e austera. Entre duas samambaias, a minha foto com Alberto e as crianças. Estou em Petrolina. Cadê a mamãe? Uma moça de cabelos vermelhos me leva até um quarto. Com grande esforço, desaba meu corpo na cama e suspira. "A senhora me deu um susto, viu? Me desculpa, mamãe. Nunca mais te deixo sozinha." Uma moça de cabelos vermelhos senta na minha frente, coloca uma colher cheia de sopa na minha boca e carinhosamente começa a falar: "Mãe, vamos precisar vender este apartamento. Precisamos pagar as despesas da casa e nos livrar de todas as dívidas. As contas estão chegando e nós não temos mais nenhuma reserva. Vamos procurar um apartamento menor, de um quarto, para pagar tudo. Não se preocupe. Vamos ficar bem. Acho que podemos encontrar alguma coisa mais barata no subúrbio. Sei que está acostumada a morar aqui no Centro. Mas a situação mudou. Esse apartamento dá muito trabalho para cuidar. É barulhento, né?".

Tudo é silêncio. A ausência invade a minha alma.

Faz tempo que não sei de Alberto. Acho que ele não vai mais voltar. Agora, preciso encontrar Maria Lúcia e Eugênia. Elas pegaram minha boneca de pano que estava aqui. Hoje, fui à feira. Um colorido de frutas, e aqueles olhos azuis que não param de me provocar. O feirante italiano me ofereceu um pedaço da fruta proibida. Sou uma mulher direita! Mas esses olhos azuis me perseguem. Ouço barulho. Duas pessoas murmuram. Vou até a sala e a moça de cabelos vermelhos está sentada no colo de um homem. Ele chupa os peitos dela e ela sobe e desce ofegante. É Antônio. Grito. Alice, eu já te disse para não ficar sozinha com o Antônio! Nunca mais sente no colo dele, entendeu, Alice? Não deixe mais ele te tocar, minha filha. Antônio nunca prestou.

Mais comprimidos. Um gosto amargo na boca. A santa nua vem mais uma vez. "Madalena, em breve, você vai mudar pra uma nova casa. Alice irá com você. Ela precisa que fique calma. Tenha paciência, Madalena. Tudo será diferente. Nova casa. Novos vizinhos. Uma casinha simples, pequena e sóbria. Vocês vão poder andar num parque que tem perto e visitar a Vera, aquela sua prima, que arranjou a casa pra vocês. Tudo dará certo, Madalena. Alice não levará mais ninguém pra sua casa. Alice não sabe se sonha para fugir ou para se salvar. A sua filha se habituou a viver depois das nove da noite. Depois, que você dorme. Depois que todos os medicamentos te dopam. Ela aprendeu a viver quatro horas por noite. No começo, por puro desespero. Depois para continuar se sentindo viva. Mas ela sabia que uma hora o sonho ia acabar e era preciso voltar à realidade. Alice não quer esperar como você pelo homem que nunca vem, mas continua lá com a mesma expectativa: 'Dizei uma só palavra, e serei salva'. A palavra que nunca será dita. Talvez, Madalena, sua filha seja mais parecida com você do que gostaria. Talvez ela também não saiba prosseguir sozinha. Talvez, esteja cansada demais para continuar nesse mesmo buraco, nessa mesma situação. Essa mudança vai ser boa para as duas. Vocês vão poder se reconstruir: plantar umas flores no pequeno jardim, descartar todas as lembranças que estão incrustradas nessa casa. Destruam todos os escombros possíveis, pois também haverá lixo que ninguém poderá remover dos seus corações e das suas memórias.".

Não sei onde estou. Há dias procuro meu pai e minha mãe. Maria Lúcia e Eugênia foram pro colégio e não me esperaram. Alberto viajou mais uma vez. Não suporto mais a irresponsabilidade de Alberto. E Luís? Onde se meteu esse menino? Uma moça de cabelos amarelos aparece na porta, pergunta se estou bem e me traz um suco. "A casa tá ficando bonita, né, mãe?" No meio de um monte de caixas, ela desembala as coisas e coloca nos armários da cozinha. A sala é minúscula. Na parede, uma imagem de Nossa Senhora. Numa estante, a minha foto com Alberto e as crianças. Um gato atravessa a sala e sobe no muro. "Volta aqui", grita moça. O gato sai correndo. Entro no quarto e me escondo atrás de um armário. Antônio deve estar me procurando. Antônio nunca prestou.

Uma senhora entra na casa e começa a benzer. Deve ser a Nhá Doca, que sempre me benze quando fico doente. A moça de cabelos amarelos assiste a tudo atentamente. Depois as duas entram numa cozinha minúscula e separam várias ervas. Ouço a a moça de cabelos amarelos xingando alguém. "Ele fez várias dívidas no nome dela. Sujou o nome dela com as dívidas dele. Gastou toda a poupança dela em bares, mulheres, amigos e turbinando o carro. Sempre foi um mimado. Ele, realmente, achava que era uma obrigação da mamãe arcar com todas as despesas dele. Depois que usou tudo, ele se mandou, exatamente como fez o papai. Agora, quer a parte dele com a venda do apartamento." A benzedeira lhe dá um chá, faz algumas rezas e diz: "Isso não vai se resolver somente com reza, Alice. Você precisa procurar seus direitos. Ele tem obrigação, por lei, de devolver tudo que pegou da sua mãe. Ele sabia que você não tinha salário fixo e deixou as dívidas para vocês. Deixou vocês completamente sem opção. Chegou a hora de virar uma mulher adulta e correr atrás do prejuízo. Se não for por você, que seja ao menos por ela". Quando entro na sala, elas me oferecem um bolo de laranja com um chá e mudam de assunto.

Estou há dias nesse lugar e ninguém da minha família vem me visitar. Moro na rua Umbú-Cajá. Qual é o número mesmo? Não me lembro do número. Meu Deus, eu não sei o que é que eu faço para ir embora daqui! Tenho que buscar o Luís no colégio. Vamos embora, moça? Vamos para casa? Uma voz me diz que ninguém vem me buscar. Uma voz me diz coisas más. Eu não quero mais ouvir essa voz. Essa voz me ronda e me confunde. De quem é essa voz? Essa voz vem da palavra morte. Não quero morrer, minha santa. Não me leve agora! Mas tudo escureceu...

Minha filha, seu pai morreu? "Sim, mamãe, o papai morreu." Por que eu não lembro disso? "Porque a senhora ficou muito abalada, mamãe. Nunca aceitou que ele morreu nos braços de outra." Minha filha, tô com saudade da mamãe. Cadê o Alberto que não vem? Ela diz que precisamos sair de casa e conhecer o bairro. Andamos pelas ruas e visitamos algumas pessoas, mas sinto que me falta alguma coisa. Alberto não está. Nem os meus meninos.

Falo com a moça de cabelos amarelos que preciso ir na casa da Nhá Doca para pegar um bolo. Hoje é aniversário de papai. A moça loira abre um sorriso e diz: "Mãe, vamos fazer melhor. Nós duas vamos fazer um bolo. Aquele bolo de cenoura com chocolate bem quentinho, que tal?". Vamos ao mercado.

O dono do mercado é um homem de meia idade, engraçado e simpático. Olha a moça de cabelos amarelos de cima a baixo e pergunta se somos novas no bairro. Trocam meia dúzia de palavras e ela sai toda sorridente. A Maria Lúcia é assim. Não pode ver um marmanjo que já se assanha toda. Não é à toa que mamãe fica sempre preocupada com ela. Chegamos em casa, Maria Lúcia vai para a cozinha e diz: "Ah, olha a minha cabeça, esqueci das cenouras. Preciso voltar no mercadinho, mamãe". Me dá alguns remédios e desaparece. Enquanto me deito, espero a santa. Rezo, rezo, rezo. Dessa vez, a santa não vem.

Tudo é ausência.

Acordo. Uma moça de cabelos amarelos me acorda sorridente. Canta uma música bonita e diz que hoje vamos dar uma volta na praça. A sala é minúscula. Entre duas samambaias, uma imagem da Virgem Maria. "O Alberto. Ele vem hoje." Como café com pão. Tomo uma série de remédios e me sento em frente à TV. A casa é invadida por gente matando e morrendo. Vamos fugir daqui, Alice. Onde está Alice? Começo a procurar pela casa, atrás da cortina onde costuma se esconder nas brincadeiras, na despensa da cozinha, debaixo da mesa, e nada de Alice. Me desespero. Cadê minha filha, minha Nossa Senhora? A moça me segura pelo braço, pede para eu ficar calma e sugere que a gente procure Alice na praça.

Chegamos à praça. Uma criança me olha de longe. É Alice com o vestido vermelho que costurei para ela. Aponto a criança para a moça de cabelos amarelos, mas ela não vê nada. A praça é agradável. Eu venho aqui com Maria Lúcia e Eugênia. Eugênia, cadê você? Minha mãe disse que a sua mãe deu você pra ela. Minha mãe acha que você é vagabunda. Mas eu sei que você trabalha muito ajudando ela na cozinha, limpando a casa e cuidando de mim e de Maria Lúcia, mesmo tendo quase a nossa idade Eugênia, por que você desapareceu de repente? Nós sentimos sua falta, Eugênia. A mamãe nunca nos contou o que aconteceu com você. Você começou a passar mal, a ficar indisposta e depois desapareceu. E aqui está Eugênia, com suas pernas muito finas, tentando se equilibrar com o barrigão e nos esperando na volta da escola para brincar. Eugênia brinca com Maria Lúcia, e fico olhando para elas até meus olhos se encherem de saudades. A moça de cabelos amarelos segura delicadamente o meu braço e pede para voltarmos para casa. Não quero deixar as meninas. Tchau, Maria Lúcia e Eugênia, depois da escola eu volto pra gente brincar...

A moça de cabelos amarelos parece bem aborrecida. Alguma dificuldade financeira pelo que entendi. Ela volta do mercado reclamando dos preços, xingando o governo e a inflação. Prepara o almoço, me dá um pedaço de frango e frita um ovo. Divido meu frango com ela. O pedaço volta rapidamente pro meu prato. Ela arruma a casa, me dá alguns remédios e me leva pra dormir. Escurece. Ouço alguém me chamando ao longe: "Madalena, minha filha, sou eu de novo: a sua Virgem Maria. A situação tá difícil pra vocês, querida. Não sei mais se tudo vai ficar bem. Não sei se vou conseguir cuidar de você sozinha". Minha santinha, não me deixe ir. Eu me sinto como um papel jogado de um lado para o outro. Me deixa ficar aqui, com a minha mãe, com Maria Lúcia e Eugênia. Minha santinha, intercedei por nós. Minha Alice precisa de mim. Eu prometo me comportar bem. Fico um ano sem comer doce, minha santinha. Alberto não vai chegar. Não quero ficar sozinha. "Tudo bem, Madalena, nós vamos dar um jeito. Vamos dar um jeito...".

Acordo. A moça de cabelos amarelos está na cozinha fazendo um bolo. "Mãe, falei com o moço do mercadinho e ele disse que pode comprar uns bolos de mim. Prova esse daqui. Vai ser o seu café da manhã." O bolo é igual ao que eu fazia pra minha menina. Alice, minha filha, vem comer o bolo da mamãe. Alice! Alice! O bolo tá pronto! A moça ri e come um pedaço. "É, está bom mesmo. Agora, me ajuda a fazer esse daqui." Começamos a mexer juntas a massa. Gosto de ver a massa engrossando. Gosto do gosto de laranja dominando tudo. Gosto do cheirinho do bolo. Meus filhos vão ficar felizes quando voltarem da escola. A forma cai, derrubo tudo no chão, sujo toda a cozinha. A moça de cabelos amarelos começar a gritar: "Viu, o que você fez? Você só atrapalha a minha vida. Desde que você veio morar comigo só bagunçou tudo. Não aguento mais! Sai daqui sua velha maldita!". Me desculpa! Eu não queria derrubar o seu bolo. Não bate em mim, mamãe. A mulher de cabelos amarelos me pega pelos pulsos, me empurra pra dentro de um quarto e tranca a porta. Passo horas gritando. Tenho medo. Socorro! Depois de algum tempo, a moça chega e enfia comprimidos na minha boca. Tento resistir. Começo a ver tudo distorcido. As luzes incomodam a minha vista. Vejo Alice. Cada vez mais distante, como um retrato desbotado. Ouço a voz da minha menina. Onde você tá, Alice?

Ausência.

Eu quero... quero... tenho que procurar a caixa com aquele negócio. O negócio. Tem uma arma atrás do forno. Vou procurar aquele remendo. Os ovos estão cheios de sangue. Tem rato por todo canto. Os ratos tão subindo na cama! Tira esses ratos daqui! Mamãe, pega a caixa. Não deixa a bota dentro do casaco. Traz a vassoura que tem que espanar o rato. O rato vai comer o menino! Guardou o terço? O terço espanta o fogo. Cospe a chuva, menina. Cospe a chuva! O Altíssimo vê o Norte. Vê desnorte... vai buscar o pau de arara... Pau darara... Tem muito que correr. Eugênia. Ô, Eugênia, traz o meu vestido. As coisas vão vomitar. É muita galinha para pouco ovo. Um eusébio de novo. É um eusébio de novo. Chupa esse gasoso.

Luís é filho do demo. Não é de Alberto, não. É filho do demo. Eu soube quando o vi pela primeira vez que era filho do demo. O vestido de malha é azul oliva. A bainha tá se costurando. Quero contar uma coisa pra senhora, minha Virgem. Eu também sou virgem. Virgínia da Silva. Vou fazer a travessia de costas, mas tem que plainar o casco. Que é, santíssima? Porque tu não é mais mulher do que eu só porque teve filho santo, não. Ó, vou te falar uma coisa. Tu nem mulher é porque nem sentiu dor. Tu lá vai orar por nós! Não fez nada até agora por ninguém e quer dizer que é santa?! Como é que tu sabe o que eu tô sentindo? Me fala, como é que tu sabe o que eu tô precisando? Eu quero é que tu vá se danar. Vá de retro! Vá de retro! Tu não vai pegar o menino, não! Traz a batida aí. Traz a

batida aí que, junto com o veneno, afasta o mau-
-olhado. Ô, santa! Ô, santa, pega aí o meu vestido.
Hoje eu vou é sapecar o cara. Ô santa, ô, minha
santa, coroai! O menino tá coroando.

Semente de grão não dá feijão. Eu quero babosa para botar na queimadura. Alice, esfrega essa saliva, menina! Não tá mordendo o juízo! Olha, as baratas tomando tudo. As baratas na cama. Tem um monte de barata nessa cama. Me tira daqui! Tira as baratas, minha filha! Tira as baratas! Tem um cabra debaixo dessa cama. Esconderam o revólver aí. Debaixo da saia dessa mulher tá o revólver! Num chega perto, satanás!!! Tu não me pega, não. Tira o revólver da saia dela.

Os castelos estão desmoronando a gente. Pega esse quadro aí do Coração de Jesus. Esse quadro tá aí na frente com a cara da Maria Lúcia. Eugênia já teve menino, mãinha? Cadê o filho do Antônio, cadê? O que fizeram com o menino dele, mãinha? Deram um fim no menino? Ele tá debaixo do pé de goiaba, nascendo junto com as sementes. Eu nunca mais vou comer goiaba nessa vida para não comer o anjo.

"Madalena, aqui é Maria Santíssima. Acalma o teu coração, minha filha. Tua filha tem medo de não conseguir cuidar de você. Madalena, ajuda ela! Tua menina precisa da tua ajuda. Alice pede perdão, Madalena. Ela não queria assustar você. Fica calma. Ajuda ela para ela ajudar você. O Luís pegou tudo, Madalena. O Luís deixou vocês na mão, como sempre. De novo, são só vocês duas. Sempre foi assim e sempre será. Vocês só podem cuidar uma da outra. Por mais que se odeiem, por mais que se destruam, por mais que se agridam, vocês só têm uma à outra. Fica calma! Não tem barata, não tem rato, não tem mais Eugênia, Maria Lúcia ou Antônio. Só tem você e a Alice. Vocês não existem para ninguém. Vocês não vivem no mundo 'Doriana Feliz'. Vocês não existem para o governo. Não existem pro INSS. Não existem pra Receita. Nem sequer existem para Deus. Vocês só existem uma para outra. Quando tudo acabar, o que vai restar da Alice? Me diz, Madalena. O que vai restar para a tua filha? O que vai restar dessa casa? Da vida da tua filha: o que vai restar? Quanto tempo de vida vai sobrar pra ela? Eu sei que tudo está confuso. Mas tenta se acalmar. Você não vai conseguir mudar o que aconteceu com a Eugênia ou com a Maria Lúcia, mas pode fazer alguma coisa agora. Fica no presente, Madalena. Fica no presente.".

E o que é o presente, minha filha? É tudo ausência.

A casa continua escura. "Cortaram a luz, mamãe. Vamos ter que acender as velas." Ando pela casa e procuro minha máquina de costura. Alice, cadê a minha máquina? Vamos ter que costurar, menina! Pega o tecido lá no armazém. Põe na conta da mãe. Fala pra dona Zefinha que eu vou fazer um vestido novo pra ela. Corre, Alice! O que é que tu tá esperando, menina! Corta os panos direito, Eugênia. Não sabe nem cortar os moldes! "Mãe, peguei dinheiro emprestado com aquele senhor do armazém. Assim, eu pago a conta de luz e do telefone." Ela me dá uma sopa rala de legumes. "Mãe, tu vai ter que dormir mais cedo hoje porque tenho umas coisas pra resolver, tá? Toma os teus remédios." O quarto é escuro e abafado. Lá fora, gritos, barulhos de carro e uma sirene que não para de tocar. Ouço vozes. Quero sair deste hospital. Estou paralisada pelo sono e fico confusa.

Meu nome é Maria Madalena Pereira dos Santos. Moro na rua Umbú-Cajá, em Petrolina. Tenho dois filhos: Maria Lúcia e Eugênia. Não! Alice e Alberto. Minha casa fica perto do elevado. Sou costureira e faço doces nas horas vagas. Meu marido, Alberto, está viajando desde maio de 82. Sou filha de Maria. Alberto tem outra. Uma menina de quinze anos! Alberto me engana desde que nos casamos. Não gosto do jeito que essa vizinha me olha. A Maria Lúcia tá doente, meu Deus! Coitadinha da minha irmã. Acho que essa vizinha tá jogando mau-olhado. Preciso tomar um banho de sal grosso. Minha santinha, faz Alberto voltar. Tenho duas crianças pequenas: uma de cinco e outra de dois anos. Eu não sei como vou cuidar delas sozinha.

Passei a noite falando com Eugênia. Ela veio me visitar com o anjinho no colo. Eugênia tem treze anos. Eugênia é menina safada. Minha mãe diz que ela vive se esfregando com os homens pelos cantos. Tenho pena de Eugênia. Continua com aqueles olhos tristes de desamparo. Elísio também usou Eugênia. Mas, pelo menos, ele gostava dela. Lembro que Elísio mandava eu entregar presentinhos escondido para ela. Me desculpa, Eugênia. Eu contei pra mamãe que você fazia safadeza com o Antônio. Foi por isso que você sumiu, Eugênia? Me conta, Eugênia, o que foi que te aconteceu? Eugênia sumiu. Quando perguntei sobre ela, minha mãe ralhou comigo e disse pra eu nunca mais falar dela. Foi por isso que esconderam teu menino debaixo da goiabeira, Eugênia? Me perdoa, minha preta! Eu não queria te fazer mal.

No pé da minha cama está a doida da praça. Ela veio aqui me matar. Socorro, mamãe! A doida da praça tá aqui. Socorro! Ela quer me matar. A moça de cabelos amarelos entra correndo no quarto e me sacode. Está com cheiro de bebida. "Para com isso, mamãe, é um pesadelo. Me deixa dormir." Bate a porta do quarto com força e me xinga. Tenho medo. Estou sozinha. Alberto, vem me salvar. A doida da praça vai me matar. Salve, Rainha, mãe misericordiosa, a vós bradamos, as degredadas filhas de Eva! Tu nunca ouve, né, minha Virgem? E nos deixai aqui chorando neste vale de lágrimas. As degredadas filhas de Eva estão aqui abandonadas nesse torto destino. Protegei-me, minha santa. A doida vai me matar! Tirai-nos ao menos do fogo deste Inferno! Me perdoa, minha santa! Eu tenho medo de morrer. Me livrai de todo o mal. Amém!

Tum. Tum. Tum. Acordo. Maria Lúcia está a meu lado na cama. Malu, que saudade de você! Por que me deixou aqui sozinha? Me mostra o teu câncer. A mamãe também veio me ver. Ela quer me levar para perto dela. Mas eu não posso deixar meus filhos! Espera mais um pouco. Maria Lúcia, cadê a Eugênia?

Ausência.

"Se essa rua, se essa rua fosse minha, eu mandava, eu mandava ladrilhar com pedrinhas, com pedrinhas de brilhante para o meu... para o meu amor passar".

Do lado de fora, um barulho alto. A moça de cabelos amarelos está caída na sala. O bustiê todo manchado de sangue. Os peitos pra fora. A moça tenta se levantar. Está sangrando. Olha para mim com o olho roxo e fala coisas incompreensíveis. Os cabelos amarelos desgrenhados parecem que foram arrancados. Está cheia de hematomas. A moça murmura. Vou até ela. Tento levantá-la e não consigo. Pego um pano. Um pouco de água e passo nas suas feridas. A moça sente dor. Parece a minha menina. Alice, o que você aprontou, minha filha? O que fizeram com você no colégio? "Mãe, a gente precisa sair daqui. Não dá mais para ficar nesse bairro, mãe." Ela se levanta. Toma banho com dificuldade. Reclama de dor no corpo. Sai do banheiro e começa a arrumar as coisas com pressa. Põe todas as minhas coisas numa mala e sai da casa me puxando pelo braço.

"Oi, Madalena, lembra de mim? Sou a sua prima, Vera. Bem-vinda, minha querida! Pode ficar aqui quanto tempo quiser." Não sei quem são aquelas pessoas. Não entendo o que está acontecendo e fico confusa. "O que aconteceu, Alice? Quem te fez isso?", pergunta a mulher. "Me meti com o que não devia, tia. Mas já sei o que vou fazer. Fica com a mãe, que eu já volto. Vou ligar pro Luís, e ele vai ter que se virar para nos ajudar. Hoje mesmo a gente vai se mudar para o interior. Não queria mais ficar por aqui mesmo.", "Que loucura, menina! Não tá vendo que a sua mãe não tem mais condições de viajar?", "E eu vou fazer o quê? Deixar ela aqui sozinha, tia?". Sento em frente à TV que toca no último volume. Ninguém fala comigo e ninguém me vê. Passo horas e horas sentada naquele sofá. Durmo. Acordo e já escureceu.

A moça de cabelos amarelos chega correndo. Pega as coisas, pede dinheiro emprestado e me coloca dentro de um táxi. Tomamos um ônibus tarde da noite. Tenho medo! Não sei pra onde estamos indo. "Mãe, por favor, não me enche. Vou resolver tudo." Pega o telefone e fala com um moço chamado Luís: "Você precisa depositar o dinheiro da mãe amanhã, tá entendendo, Luís? Os remédios dela estão acabando e não tenho dinheiro pra comprar mais nenhuma caixa. Isso não é problema meu!". Desliga e me dá um saco de salgadinhos. "Come, mãe. Come." Tomo o suco com vários remédios. A luz da estrada fica cada vez mais desfocada. Na estrada, vejo gente antiga. Meus amigos de escola me dão tchau. Minha família. Os vizinhos de Petrolina. Minhas clientes da Santa Ifigênia. Aquele feirante bonito de olhos azuis. Todos me acenam.

A moça de cabelos amarelos chora em silêncio. A casa de Petrolina tá pegando fogo. Tentamos sair de lá, mas a casa está na beira dum precipício. A moça de cabelos amarelos faz um buraco na parede lateral pra gente fugir. Eu passo, mas ela fica entalada no buraco. Então, arranca as pernas fora e se joga no precipício. Mas, em vez de morrer, ela começa a voar. A moça vira um urubu gigante e me carrega pelo bico. Tenho medo e peço pro urubu me soltar. Mas, quando olho pra baixo, vejo Alberto namorando com uma moça, que eu não lembro quem é. Peço pro urubu comer o casal. E nós devoramos os dois até nos fartar.

Chegamos de manhã a uma rodoviária. A moça de cabelos amarelos me acorda, como um pão de queijo e tomo um café. Pede para eu olhar as malas enquanto vai ao banheiro. Só que vejo os meus amigos de escola na praça. Eles me chamam e vou brincar com eles. Começo a andar, a andar, procurando Maria Lúcia e Eugênia. "Malu, eu tô fria ou tô quente? Onde tu te escondeu, Malu?" Vejo a igrejinha de Petrolina. Padre, vim para a catequese. Não gosto daquela freira, não, padre. Ela é muito chata! Padre, cadê a minha família? Uma moça de cabelos amarelos entra correndo na igreja. Parece desesperada. É feia e grosseira. Me puxa pelo braço gritando e diz que eu sou uma velha desgraçada. Que só faço merda! Que não vê a hora que eu morra logo para deixá-la em paz!

    Entramos em outro ônibus e passo mal. Muito calor. Cheiro de vômito e pessoas gritando. A moça de cabelos amarelos me dá um remédio e diz que vou ficar melhor. Tento tirar a minha roupa, mas ela não deixa. Estou sufocando. Arranco o vestido, mas a moça me segura bruscamente e coloca tudo de novo. Algumas pessoas reclamam e fazem um *shiiii* em coro. Quero sair desse carro, mas a moça não deixa. Minha cabeça dói. Acho que vou levar uma queda. "Calma, mãe. Já já a gente chega." Quero tomar banho de rio porque estou com muito calor. De repente, tudo formiga. Sinto dificuldade de respirar. Minha vista embaça e sinto náusea. Tento falar com ela. Nem tudo que nada seu... sustemplório... expitúrio... sonsisório... Como é que se diz? Represório... sinsitório... não sei mais o que dizer. Me encosto no ombro de uma mulher de cabelos amarelos. Ela também encosta em mim.

    A ausência invade a estrada.

    "Mãe, chegamos. Levanta." Não sei onde estou. Sinto-me fraca, indisposta. Um calor abafado toma conta de tudo. Minha vista escurece. "Madalena, aqui é a Virgem Maria. Você se lembra de Petrolina? Aqui é uma cidade bem parecida com Petrolina. Só que fica no interior de São Paulo. Em breve, tudo vai tomar o rumo certo. A Alice falou com a Camila, aquela amiga dela da faculdade que mora aqui, e já cuidou de tudo. Vocês vão se mudar para uma quitinete perto da casa dela. Muito mais barata e com um custo de vida muito menor. Vocês vão poder ficar aqui até tudo se ajeitar. Desculpa, Madalena, por ser tão incapaz de cuidar de você. Desculpa, Madalena, por não saber o que fazer. Me perdoa por te colocar nessa situação. O Luís vai depositar o dinheiro dos remédios e você não vai se sentir assim tão mal.".

Quero voltar para a minha casa. Quero brincar de boneca com a minha filha. Mãe, hoje eu não vou à escola. Estou com febre. Me sinto fraca. Estou com medo de morrer! Não me deixe sozinha, minha santinha! Vem ficar comigo, minha preta...

Passo o dia deitada. O quarto é pequeno para todos: Alberto, Antônio, Maria Lúcia, Elísio, o feirante bonito de olhos azuis, meus filhos, Eugênia,

Quitéria, papai, mamãe e os ratos. Os ratos passeiam pelo teto. Tenho medo desses ratos. Eles vão cair na minha cabeça. Polícia! Me tira desse cativeiro! Minha senhora, tenha piedade de mim. Sou uma senhora trabalhadora. Tenho dois filhos pequenos. Pelo amor de Deus, me deixe sair daqui. Eu preciso sair daqui. Na minha casa tá todo mundo preocupado. Papai e mamãe vão brigar comigo. Pelo amor de Deus, me leva pra casa. Alice, ô, Alice, cadê você minha filha? Roubaram meus filhos! Cadê os meus filhos? Coitadinha da Quitéria. O que eu fiz foi o quê? Você se lembra que a vó morreu quando você se deitou sem calcinha? A mãe brigou com você porque sua calcinha estava suja de sangue. Não chora, Quitéria. O que você tava fazendo naquele mato, Qui? Eu não vou chamar você de novo. Se levanta daí menina! Tu viu a doida da praça? Ela tava se banhando na lama. Cadê ela, Qui? Pronto, achei! Estava aqui o tempo todo no teu corpo. Põe a mão aqui, Quitéria. Eu ouvi o teu suspiro. Vou contar pra vó! Minha mãe me proibiu de brincar contigo. Eu também falei pra mãinha sobre a Eugênia. A Eugênia e o Antônio fizeram safadezas. Eu vi eles atrás do salgueiro. Eugênia tu é da mesma substância de Quitéria? A cerca me sangrou. Será que a mamãe também vai me chamar de vagabunda? Eugênia, tu me desculpa, minha preta? Por que é que tu sumiu, minha preta?

RATOS, BARATAS E URUBUS

Eu não estou entendendo nada. Cadê a neném? Uma moça veio aqui e levou minha filha! Minha santa, pelo amor de Deus, me ajuda! "Madalena, fica calma! Seus remédios vão chegar e tudo vai ficar bem! Reza, minha filha. Reza para acalmar esse teu coração." Minha nossa senhora, por que o Alberto não vem me buscar? Cadê ele, minha santinha? "Madalena, sua vida foi uma espera inútil. Aprende a viver com essa ausência porque ela já dominou a tua vida e, agora, também vai inundar a tua morte. Esquece, minha filha, essa loucura pra poder morrer em paz.".

Como eu vou esquecer a loucura que eu escolhi pra minha vida inteira, minha santa?

Eu faço *clap clap* com a língua. Tu consegue fazer isso com a língua, Alice? Hoje eu vou-me embora com o Alberto. Quitéria disse que viu ele me esperando na esquina do colégio. A gente vai morar lá no elevado perto da casa daquela puta que dava mole pro Alberto. Aqui tá cheio de urubu. Tem um monte de urubu sobrevoando essa casa. Olha, tem um urubu em cima do guarda-roupa olhando pra mim. Não quero dormir aqui. Vamos, Alice, vamos voltar pra nossa casa? "Mãe, tu precisa ficar quieta! O pessoal da casa ao lado já está reclamando da confusão que a senhora faz. Fica quieta, mãe!" A mulher de cabelos amarelos me coloca na cama novamente. Tenho medo. Eu não quero ficar nessa casa cheia de urubus! Cadê a Eugênia? Ela tava no pé de goiaba ainda há pouco. "Mãe, vamos rezar? Reza pra Virgem tirar daqui esses urubus e todos esses fantasmas." Ave Maria, mãe de misericórdia, tirai esses urubus daqui. Correi e nos ajudai e nos livrai de todo o mal. Amém!

Mas ninguém nos livra de todo o mal... eu aprendi isso, minha santa... eu vi o Antônio aqui, escondido... tirai ele daqui... o câncer tá tomando tudo... eu vi o sangue escorrendo por tudo... são afiados os bicos da morte... não quero mais ficar aqui com a Quitéria, rindo sem parar com esses urubus... tá tudo rodando... que nem o carrossel onde eu levei a minha pequena Alice... Cadê você, menina... em que buraco eu te pari? Tu vai comigo, minha santa? Não me deixa aqui sozinha, minha mãe...

"Madalena, nada mais vai ficar bem. Sua filha não tem mais para onde ir. Não tem dinheiro. Não tem amigos. Só tem dívidas e culpas. As pessoas nos visitam, mas voltam para suas vidas, e nós ficamos, ficamos, ficamos... Pra sempre, ficamos. Presas no deserto de nós mesmas. Eu não aguento mais, Madalena! Me desculpa. Eu não posso mais... não posso mais...".

Eu estou lhe dando essa reza porque você merece...

Você já viu do que o Antônio é capaz. Tira ao menos ele daqui, não quero esse urubu aqui em cima de mim, ele está me olhando e esperando que eu durma para me levar também. Tenho filho pequeno e não quero ir embora. Uma mãe não tem direito de morrer e deixar seus filhos órfãos como a senhora minha mãe santíssima deixou toda a humanidade. Vou espantar os urubus... e não segura nos meus braços, Antônio, eu não sou a Eugênia e a Maria Lúcia, e quero que você morra de câncer..., mas quem morreu de câncer foi a Maria Lúcia que agora me olha lá de cima do teto e me mostra a ferida do útero e de todos os úteros de todas as mulheres feridas como nós. Eu não sei de nada, mas cada vez descubro que estamos jogadas nesse calabouço da vida e tremo de medo de continuar a viver no meio desses urubus.

Alice brinca com Eugênia, Quitéria e Maria Lúcia no meio dos urubus. Sai daí, menina! Vai ficar no meio da merda e toda suja no meio desses vagabundos que só querem se aproveitar de você. Eu sei o que você fez, Alice, e não disse nada porque não quero que você acabe como a Eugênia, debaixo do pé de goiaba...

Vou tirar a minha preta Eugênia de lá. O urubu tá me espiando, para com isso, para, eu sabia que ele não ia me soltar. Eu tenho que ir atrás dela para os bichos da goiabeira não comerem ela... sai do pé de goiaba, Eugênia, eu vim te libertar.

Silêncio... É tudo silêncio. Tento gritar, mas não consigo. Vejo o meu corpo de longe, estou deitada, tentando me levantar e não consigo, meu corpo todo adormece, tá tudo rodopiando, rodopiando cada vez mais veloz nessa roda viva de fatos e gentes. Eu vejo as palavras, mas elas não chegam à ponta da língua... no princípio, era o fervio... não, era o cerbio... era o verso... o precipício era o verbo... o vérbio.

O urubu traz a Virgem Maria na minha cama, que me coloca nos braços, que nem fez com o filho saído da cruz. "Vida de bicudo não é fácil, não", diz o urubu, "trabalho de dia e de noite, no sol ou na chuva, só comendo o resto das pessoas e das vidas... você sabe o que é viver no meio desse lixo de gente? Desse cheiro de merda e morte?" O urubu me pica e sinto a picada dele nas minhas carnes e vejo tudo menor

a virgem maria de cabelos amarelos segue na sua solidão eterna e tudo é branco e tudo é ausência e sinto frio e as lágrimas da Virgem Santíssima caem em meu rosto e sinto o cheiro de suor da virgem e a virgem cheira forte como alice a minha alice

o urubu sobrevoa minha cabeça sinto ele me puxando da cama pra me levar voando até a minha terra prometida você está bem me larga eu já estou bem você consegue voltar pra casa sozinha vai embora e me deixa em paz bicudo melhor não tentar ir a pé leve as minhas asas não quero as asas da morte vai embora é só você deixar as lembranças nas minhas garras e se jogar e me deixar solta que eu volto para o topo da montanha me deixa em paz vai embora e me deixa em paz me sentei apoiei as costas na goiabeira e encostei a cabeça na árvore e fechei os olhos e vejo todos na festa junina papai mamãe quitéria eugênia maria lúcia antônio alice luis meus colegas de escola benedita nhá maria e nhá doca

eu vi o pássaro outra vez levando a virgem maria que ora era a santa ora era a minha menina e agora eu me vi a menina como ela e não pensando em absolutamente nada e sentada de olhos fechados eu vi o alberto me colocando nos braços e eu queria que ele estivesse morto você me machucou mas você não tem culpa meu querido se não fosse você seria qualquer outro no fundo todas nós somos vagabundas assim como quitéria maria lúcia alice e eugênia e então não era mais ele mas duas cabeças me olhando na escuridão que cheirava a chuva a grama e a petrolina

Rasteira. Fiz a nossa travessia como pude, no teu sertão, na nossa miséria, na nossa cegueira, sem direção. Nós atravessamos com os nossos fantasmas essa imensa peleja da vida. Não restou o diabo, a santa, o diploma, o dinheiro ou a paz. Só restou um pedaço de mim, mãe...

Posso ter tornado tudo mais difícil ou sofrido, não sei qual. Mas eu só podia ser eu, mãe. Essa era a única coisa que nem a senhora, nem a doença, nem as circunstâncias tiraram de mim: EU. E, nesse Eu, escrevi o teu nome e a nossa história. Esse Eu carrega todos os teus nomes, os teus lugares, as tuas memórias. As trajetórias que nos antecederam e todos os seus possíveis fins. Esse EU atravessa as brechas, desafia a moral, encara a morte, encontra a graça na experiência religiosa que ela mesma cria. Esse EU inventa um nome, interpreta um gênero, encarna a santa, a puta, a louca, a vítima. Encarna a si própria para travestir-se de si e abrir caminho para novas Quitérias, Eugênias, Marias Lúcias, Madalenas, Alices...

estávamos vivendo, mas também não me preocupei com isso. Só queria sentir a delicadeza desses momentos e me acalentar na paz que ela emanava.

Hoje, mãe, eu estava dormindo com a Camila quando ouvimos a tua respiração entrecortada. Da tua voz saía um gemido áspero e curto. A senhora vomitava tudo que estava preso no seu peito. O coração, acostumado a bater resignado, explodiu num ódio rouco. Suas palavras se atropelavam entre dores e assombros. A senhora era puro terror! Como um animal ferido, a senhora estraçalhava-se por dentro, e uma série de nomes, pessoas e circunstâncias escorriam com o sangue coagulado e purulento. A senhora bradava contra os urubus, tio Antônio e meu pai. Foram horas e horas para expurgar todas as feridas. Teus gritos sufocavam com o arroto das palavras nunca ditas. A senhora tentava respirar pelo corpo inteiro, mas, de dentro do teu ventre, só saía um imenso rasgo de dor. Era como se estivesses parindo a tua própria morte. O teu mais novo abandono.

Eu não podia mais ver tanto sofrimento, mãe...

Mãe, eu não sei se fui uma boa companhia pra você. Mas fui a tua companhia possível. Limitada.

demônios. O que restaria de você sem eles, mãe? A maior parte das lembranças eram desconhecidas para mim. Uma história que eu não tinha como alcançar ou sequer entender… uma história que eu só podia vislumbrar e tentar encaixar nesse enorme quebra-cabeça da vida.

Nenhum de nós sabia exatamente o que fazer: as crianças morriam de medo da senhora, a senhora agredia todo mundo e os vizinhos nos odiavam. Camila e eu, para nos lembrarmos de quem nós éramos, aproveitamos para resgatar a mesma alegria despreocupada que tínhamos antes. Depois que a senhora e as crianças dormiam, nos sentávamos no sofá, fumávamos um beque, tomávamos vinho e dávamos gargalhadas das histórias do tempo da faculdade. A Camila sempre me salvava de uma ou outra encrenca. Eu sempre me escondia debaixo das suas asas abertas. Ríamos, nos procurávamos e, no escuro, tentávamos uma tímida aproximação. Ela olhava para mim esperando o primeiro toque e, quando finalmente estávamos livres da vigilância mútua, deixávamos repousar a mão uma na outra e nos beijávamos. Eu não sabia como definir o que

da mãe enquanto o filho mais velho lia pra ela uma história infantil. Passaram-se minutos. E, quando as crianças vencidas pelo sono dormiram no colo da mãe, ela delicadamente levou um a um pro quarto e apagou a luz. Voltei pra edícula tomada por aquela imagem. A senhora mexeu-se gemendo. Deitei. Fumei um cigarro e dormi com uma tranquilidade que há muito tempo não sentia.

Nos três meses que mudamos para cá, a senhora nunca esteve de fato aqui. Foi uma tormenta de histórias antigas, de ratos, baratas, urubus. A senhora gritava de desespero. E eu gritava porque não conseguia parar a tua dor. A senhora chamava por nomes que eu nunca tinha ouvido, mãe. Era o seu passado transbordando aqui nessa edícula abafada do interior. Os nossos vizinhos cristãos acreditavam que a senhora estava possuída pelo demônio. A senhora berrava apavorada de um lado e eles oravam de outro, tentando expulsar todos os teus demônios, os teus fantasmas, as tuas lembranças. Eu tinha medo. Medo de que a gente nunca mais se encontrasse nesse redemoinho de memórias e salmos. Medo de que expulsassem realmente todos os seus

Quando chegamos, Camila nos recebeu com um abraço aberto. Continuava com o sorriso doce, hippie nos trajes, os cabelos mais curtos com luzes douradas. Tudo parecia tão vivo e terno perto dela. A delicadeza fluía das suas palavras e, mesmo na sua fina tristeza, parecia tão bonita que estendi minha mão como um mendigo pedindo os últimos trocados. Deixei que ela nos levasse pra casa, que decorasse o lugar como quisesse, que me dissesse o que vestir e até o que fazer. Ela cuidou de mim e da senhora com o mesmo zelo e paciência com que tratava os dois filhos pequenos.

Numa noite, eu estava sem conseguir dormir e fui caminhando para a casa dela. A sala de jantar estava iluminada e, pela janela, eu vi Camila com os filhos. Não havia nada de especial naquela cena, se não fosse o rosto sereno dela escutando as crianças. Sem se dar conta, ela estava iluminada pela luz do abajur, e tudo em volta dela era imenso brilho. Não consegui entrar, fiquei vigiando do lado de fora a sala para que ninguém interrompesse aquele momento mágico entre os três. A caçula com sua camisolinha florida de algodão tentava chamar a atenção

ria, avisei o motorista, e corri sem rumo procurando seu rastro. O alto-falante berrava o seu nome em vão. Houve um movimento geral de ansiedade, vários passageiros reclamando que não poderiam esperar, e toda aquela sensação que eu não suportava mais carregar. Mãe, a senhora era tudo o que me doía.

Olhei pra fora da rodoviária e vi a igreja. Mãe! Gritei. A senhora me olhou espantada, com os olhos cheios de lágrimas e eu briguei. O rosto da senhora estava trêmulo, o coque desmanchado caindo desordenadamente sobre os ombros e as sobrancelhas franzidas tentando reconhecer a estranha que era eu.

paz. Achei que a senhora não ia resistir, e fomos o caminho todo recitando nossa pequena oração. Eu te falava da cidade, da casa, de Petrolina, das suas histórias, mas a senhora não me escutava mais. Novamente, o meu terror ressoava no seu. Eu queria te chamar para a vida, te lembrar que ainda estávamos juntas, mas a senhora não tinha mais forças.

"Mãe, o que a senhora tá sentindo?", perguntei. "Ausência", respondeu.

Meu corpo doía, mas meu espírito já estava longe. Mãe, quantos quilômetros nós percorremos sem dar uma palavra, às voltas com o desvario que foi o nosso último ano? Eu senti a tua falta, mãe! Queria que a senhora estivesse ali presente. Senti falta do teu sermão, do teu olhar repreendedor, do teu silêncio indignado com a minha revolta. Senti falta até do ódio que eu fingia ter por você. Mãe, naquele momento, começou o meu luto, porque, de algum modo, ali, eu já não me sentia mais tão misturada a você.

Numa das paradas do caminho a senhora desapareceu. Fui ao banheiro e quando voltei, as bolsas estavam caídas no chão, denunciando a tua fuga. Desesperada, busquei a senhora em toda a rodoviá-

Acordei desorientada, respirando como um recém-nascido depois da primeira palmada. A senhora estava parada me olhando assustada. Me levantei, tomei um banho, arrumei as nossas malas e te levei à casa da tia Vera, lembra? Enquanto isso, liguei para a Camila e pedi abrigo. Ela e o ex-marido construíram algumas quitinetes que alugavam pra estudantes da região. Todas estavam ocupadas, mas, ela tinha uma vizinha com uma edícula vazia e disse que tentaria negociar um aluguel. Foi o tempo suficiente pra exigir dinheiro do Luís. Apesar da resistência, o teu filho acabou mandando dinheiro suficiente pra pagar o primeiro aluguel e comprar os remédios. Não perguntei como ele arranjou a grana, muito menos citei o valor que ele ainda nos devia. Simplesmente, não me interessava mais por nada que lembrasse o passado da nossa família.

A viagem foi tensa, exaustiva, para nós duas. Quase cinco horas num calor insuportável, a senhora surtando sem parar, atormentada pela confusão dos últimos tempos. Tentava tirar a roupa, os outros passageiros brigavam por causa do barulho, e eu não sabia mais o que fazer para te deixar em

Uma espuma densa que me lembrava a sua ausência. Todas elas estavam lá na margem me observando, esbravejando, gritando, exigindo que eu tomasse uma decisão: ser levada pela correnteza ou abrir novo caminho? Era esse o meu legado, mãe. A minha missão.

Eu me arrisquei e, apesar de todo o meu talento para a tragédia, o que eu queria mesmo era ficar livre dos mesmos erros. Não, eu não ia me afogar junto com você, mãe. Eu não ia ser uma caricatura grotesca do teu abandono. Me sentia pesada, com a força das águas me sugando, mas, com grande esforço, coloquei a cabeça pra fora e respirei. Vomitei o que pude e nadei. Nadei com todas as minhas forças. Fui contra a corrente, abrindo o caminho submerso. Sentia que algo novo me impulsionava para cima, e olhei ao redor. Sua cama boiava. O seu quarto. Os meus livros. Tudo sendo levado num redemoinho de mágoas e de lembranças. Nadei até a cama, puxei seu colchão e fui boiando com a senhora até chegar a terra firme: no meio da nossa sala.

Eu me salvei!

O RECOMEÇO

Acordei não sei quanto tempo depois. Ainda era noite. Cambaleando, encontrei o caminho de casa. Abri a porta e caí no chão da sala. De repente, um estrondo. Água rompendo pelas paredes, pelos canos, pelos olhos. A água invadindo tudo. Ondas que tragavam toda a nossa história. Mãe, o que somos nós diante do medo da morte? A maré puxava, e eu não conseguia resistir. A água engolindo tudo. Nesse redemoinho de fatos, eu via Eugênia, Quitéria, Maria Lúcia. Os rostos delas se embaralhavam com os rostos que me espancavam. Bocas escancaradas jorrando mais água. Não conseguia nem gritar e nem me mover. Meus braços e pernas ficaram rígidos. Mas, internamente, eu era puro fogo: tudo queimava. Parecia que eu ia explodir. Sentia a correnteza me puxando cada vez mais fundo, e abri os olhos para ver o minuto final.

Engraçado o que a gente pensa nessas horas, mãe. Eu pensei: por que não estou vendo o filme da minha vida? Era tudo branco na minha mente.

as portas batendo

e tudo emudecendo até adormecer

como no fim dos teus surtos.

eles me xingavam,

os cachorros latiam,

um som oco de pedra no chão.

Isso é pra você aprender, sua vagabunda

Pela pressa com que me atingiram, eu entendi:

alguém me salvou.

Os passos eram apressados.

Correram.

Podia ouvir no meio do meu devaneio
os pés em fuga.

O som dos chinelos nas lajes,

O *zuuuuuuuuuuuuuuuuuuuuuuuuuu*
uuuuuuuuuuuuuuuuuuuummmmmm

dentro do meu ouvido era
como o uivo da morte.

Tudo era eco do cerco amplificado pelo
zum-zum-zum de vozes.

ELES SE APROXIMAVAM NOVAMENTE ATÉ SE TORNAREM UMA MASSA SÓ

E então todos eles me batiam.

Se eu conseguisse pensar em outra coisa,

talvez
tudo acabasse mais rápido.

Insistentemente eu continuava ouvindo:

por toda a rua,

pela minha alma.

Vi ele tremendo,

convulsionando,
pedindo ajuda.

E o sangue pingando,

pingando,

pingando,

como a torneira que vazava sempre em nossa casa.

Perto de nós, um folheto caído de
uma igreja evangélica:

Jesus te ama

Acho que ri.

Fiquei paralisada.

Traziam o Rui todo arrebentado.

Esmurraram a minha cara.

Quebraram meus dentes.

Arrancaram meus cabelos.

Fiquei em choque.

Foi quase uma falta de dor.

Não me lembro das pancadas,
das pessoas,

nem do que elas gritavam.

Só me recordo do sangue do Rui
tomando conta de tudo:

se espalhando pelas minhas roupas,

as pessoas estavam sentindo falta das coisas e todas elas tinham um denominador em comum: eu. Para meu espanto, a dona Telma me defendeu dizendo que eu tinha passado inúmeras vezes pela casa dela e nunca tinha sumido nada de lá. Até que, semanas depois, ela sentiu falta da santinha de cristal e dos brinquinhos de ouro. Foram todos então ao merca-dinho do Rui. E quando dona Telma falou sobre a santinha de cristal, ele me alcaguetou.

Me esperaram entregar todos os bolos, mãe.

Quando saí da última casa,

vi os caras vindo na minha direção

eu

já sabia o show de horrores que iria encenar.

pequena imagem de cristal que estupidamente coloquei na estante. Gelei. Ele me perguntou onde tinha conseguido aquela santa bonitinha, e respondi que comprei numa feirinha no centro. Ele não respondeu nada, mas meu coração disparou como um cavalo sem rédeas. Disse que estava exausta, que a senhora tinha passado o dia inteiro agitada e mandei ele embora. Ele reclamou que não teria outra oportunidade para sair de casa naquela semana, foi embora sem deixar o dinheiro das encomendas e saiu cantando os pneus do carro.

O que eu pressentia, aconteceu numa quinta-feira à noite. O marido da dentista não se conformou com o roubo do colar. No começo, achou que a esposa tinha descoberto tudo e escondido a joia. Passou a sondá-la diariamente, e, quando viu que ela realmente não sabia de nada, foi atrás então do alvo mais fácil: a empregada. Jogou alguns verdes, fez ameaças, demitiu a pobre coitada até que resolveu agir por conta própria. O que eu não sabia, mãe, é que o cara era advogado do patrão. Fui roubar justamente o "bota-fora" do chefe do tráfico da região. Ele começou a falar com os moradores, perguntar se

invés da santa, eu me transformaria em uma bruxa.
E lá na quebrada, mãe, ninguém teria pudor de me
queimar viva em praça pública. Fiquei quietinha no
meu canto, fazendo os doces e deixando a vida me
levar. Estava cansada dessa vida ordinária e de não
haver outra saída a não ser continuar seguindo. A
senhora, a cada dia, inventava um delírio novo. Eu,
anestesiada, ouvindo a torneira pingando como um
relógio-cuco, me lembrando do tempo que estava
passando. Não, mãe! Definitivamente, eu não queria
morrer junto com você. Minha vida era outra, mas
minha rotina estava tão embaralhada na sua, que
todas as minhas tentativas de sobreviver à sua
doença me levaram para outro desatino. Eu vivia em
sobressaltos. Agitada. Sempre com medo. Caótica.

Certa vez, a senhora deu um trabalho desco-
munal para dormir. Apesar dos remédios, a senhora
acordava o tempo todo com alucinações, e eu tive
que ir ao teu quarto várias vezes para acalmá-la. Tu
desconjuravas tua santa nesta noite interminável.
Eu tinha a impressão de que me denunciavas e me
julgavas com o teu parvo juízo e tua moral. Quando
voltei para a sala, encontrei o Rui brincando com a

ordem e harmonia familiar também era uma ficção. O colar comprado pelo marido da dentista me permitiu quitar todas as nossas dívidas e dar um tempo no ofício.

Eu sempre tive o cuidado de entregar os bolos "batizados" quando as donas de casa estavam sozinhas, mas era lógico que se as pessoas começassem a comentar sobre o sono e a indisposição umas com as outras, em breve, iriam ligar os pontos. Por enquanto, eu estava a salvo, mas não sabia por quanto tempo. Meu álibi era o machismo. As pessoas não suspeitam que uma mulher – ainda mais uma filha tão dedicada à mãe – é capaz de dar um golpe desses. Na internet, as mulheres sempre aparecem como as grandes vítimas dos golpes. Páginas e páginas mostrando a ingenuidade da mulher perante os homens. Até as criminosas são retratadas como vítimas da influência vil do grande macho. Nunca pelos reais motivos: a desesperança e o desgosto, que levam qualquer um a tentar se libertar da camisa de força da miséria.

Mãe, no fundo, eu sabia que o cerco estava se fechando. Se eles descobrissem os meus golpes, ao

tando e, consequentemente, a minha mais nova aventura também. Mas ninguém desconfiava que aquela filha tão dedicada à mãe fosse capaz de dar um "boa-noite, cinderela" e cometer pequenos roubos na região. Eu tentava ser a mais discreta possível, me certificava de que elas estavam sozinhas em casa, pegava coisas que não chamavam a atenção e nunca voltava a roubar o mesmo local para não levantar suspeitas. No fundo, continuava invisível para todo mundo. A diferença é que, dessa vez, eu usava isso a meu favor.

Sentia muito prazer em entrar nessas intimidades, descobrir os segredos como uma cúmplice secreta das pequenas perversões. Na casa de uma das obreiras, descobri que o marido dela tinha um amante. Ele guardava com tanta devoção as fotos do rapaz que, pela primeira vez, me senti constrangida pelo que fazia. No apartamento de uma professora, as fotos eróticas de um aluno. Na casa da dentista, uma joia que o marido tinha comprado para a auxiliar do consultório dela. Não pensava em fazer nada com essas informações, mas eu gostava de me infiltrar nessas histórias e de descobrir que essa aparente

nalina que eu estava gastando. Fui no armário do marido, revistei os bolsos, encontrei cinquenta reais e um aparelho de celular usado, que poderia servir de gancho no xadrez, mas achei melhor não me arriscar. Olhei mais uma vez nas gavetas, procurei em outros armários, até que vi uma pequena imagem de cristal de Nossa Senhora. Coloquei a imagem dentro da roupa, peguei um par de brincos, um batom que achei legal e saí. Cheguei em casa, dei a santinha de presente pra senhora, fumei o baseado do filho da Telma e tive um ataque de riso. A mulher mais arrogante do bairro tinha menos dinheiro em casa do que eu. Coloquei os brincos, pus o batom caro e fui me encontrar com o Rui.

Os roubos seguintes foram mais estudados e mais felizes. Eu preferia ir várias vezes às casas pra observar. Fazia amizade com a mulherada, ganhava a confiança delas pra conhecer as rotinas e estudar os ambientes. Decorava a disposição das portas e janelas, via onde elas guardavam as chaves, as bolsas e carteiras. Contava a minha triste história, confidenciava um amor inventado e pedia para me indicarem às suas amigas. A clientela foi aumen-

chegar lá, toquei a campainha e ela me atendeu constrangida pela grosseria anterior. Fui simpaticíssima, pedi desculpas novamente e culpei a senhora por me deixar tão atrapalhada com essa doença. Ela falou que entendia, que minha vida não era fácil, mas que precisava ter atenção para manter os clientes. Entramos na casa, desembalei o bolo e vi que até ela se surpreendeu com a decoração. Pedi pra ela provar o bolo e confirmar se estava bom, e comecei a puxar assunto sobre a vizinhança. Em pouco tempo, ela estava falando sobre a má conduta de todo mundo com a mesma voracidade com que comia o bolo. Enquanto isso, eu observava todas as portas e janelas. Quando ela terminou o bolo, me despedi, disse que ela não precisava se preocupar que eu fechava o portão e me escondi atrás das plantas encostadas no muro.

Vi quando ela ligou a televisão, se deitou no sofá e dormiu profundamente. Entrei silenciosamente na casa, subi para os quartos e fui olhar primeiro o quarto do filho. Lá, encontrei maconha suficiente para uns dois ou três pegas. No armário dela, vasculhei todas as bolsas, gavetas e nada de valor. Muita bijuteria, alguns reais, mas nada que valesse a adre-

o bolo que ela pediu e com um desconto especial por causa do meu erro.

Voltei pensando no que fazer. Cheguei à casa, preparei o seu jantar e dei seus remédios mais cedo. Anotei o tempo que a senhora levou para dormir. Fui na cozinha, separei os ingredientes e comecei a fazer o bolo: três ovos inteiros; uma lata de milho verde; uma lata de leite condensado; cinco colheres de sopa de trigo; trezentos gramas de coco ralado; duas colheres de sopa de manteiga; uma colher de chá de fermento em pó e um comprimido de Rivotril macerado e misturado na massa levemente até ser completamente engolido pelos outros ingredientes. Esperei o bolo ficar pronto, caprichei na cobertura de creme de coco e fiquei repensando os próximos passos meticulosamente.

Estava taquicárdica, mas me sentia confiante, como se esse plano já estivesse pronto dentro de mim há muito tempo. O efeito do remédio duraria de oito a dez horas. Em menos de duas horas, eu conseguiria vasculhar a casa com calma, encontrar alguma coisa valiosa o bastante para repassar, mas que não fosse tão importante pra ela sentir a falta de imediato. Ao

encomendavam bolos para os aniversários e cele-brações que aconteciam após os cultos; três ou qua-tro senhoras mais abastadas da região e algumas professoras de uma faculdade nova que abriu no bairro. Uma das clientes mais assíduas morava num casarão de esquina e tratava todos da rua como uma praga que ela era obrigada a conviver. Até que, um dia, ela pediu pra que eu levasse um bolo na casa dela porque o marido estava viajando e não tinha ninguém pra buscá-lo.

A casa dela teve o mesmo impacto pra mim que o palacete do sonho: ostentava seu consumo pra provar a minha miséria. Fiquei observando timida-mente ela abrir o bolo e provar o primeiro pedaço. Contraiu o rosto numa careta horrível e cuspiu, atirando as migalhas praticamente no meu rosto: "Menina, eu já falei que não gosto de bolo de fubá. Queria um bolo simples de milho com coco. Se não consegue anotar direito uma encomenda, vai fazer outra coisa". Eu fiquei assustada, mas tive tanta calma na hora que me surpreendi. Disse a ela que não se preocupasse, que eu tinha trocado realmente as encomendas, mas que voltaria lá mais tarde com

na parede da cozinha me observando e dizia que ainda bem que não estava mais viva pra ver no que eu havia me transformado.

Sempre acordava desse sonho angustiada e chorando. Mas, numa noite, aquele sonho teve um sentido completamente diferente para mim. Comecei a puxar da memória os ingredientes e os modos de preparo de cada bolo. Anotei tudo e sugeri a Rui uma parceria. Eu daria a ele o valor integral dos dois primeiros bolos, desde que ele me fornecesse os ingredientes. Depois, eu colocaria uma plaquinha "aceitamos encomendas" e dividiríamos o valor dos outros doces. Como ele concordou com tudo prontamente, provoquei: "Seu Rui, só mais uma coisa, como é mesmo que se escolhe as cenouras?". Ele respondeu que, se eu voltasse mais tarde lá, me ensinaria a escolher uma boa cenoura. Fui ao mercadinho, e Rui nunca mais me deixou em paz.

Os bolos não deram lucro no começo. Mas Rui apelava pro emocional daquelas mulheres, falando da minha luta para cuidar da minha mãe com Alzheimer e, assim, conseguimos uma clientela fiel: as obreiras de uma igreja evangélica, que sempre

gava uma moto velha e saía driblando o congestionamento. O elevado ligava nossa casa a Petrolina, e eu estava indo em direção à casa da vó. A cena mudava e eu aparecia dentro de um palacete todo coberto de ouro e cristais. A casa parecia vazia, e eu entrava em todos os cômodos procurando alguém. Até que encontrava um gorila triste e solitário escondido em um dos quartos. Ele me chamava pra brincar de esconde-esconde. Logo depois, começava a me acariciar. Quando deitamos, ele não era mais o bicho e sim o tio Antônio. Eu fugia da casa correndo, mas lembrava que tinha um monte de coisas valiosas por lá e que precisava voltar para pegá-las. A cena mudava novamente, e eu já estava crescida na minha faculdade. Tinha uma pessoa comigo, e ela falava que era uma pena eu não poder me formar porque seria presa. Eu ficava apavorada, mas tinha que entrar na sala de aula para apresentar um seminário. De repente, eu lembrava que todo o ouro roubado estava dentro da minha mochila e precisava escondê-lo para não ser presa em flagrante. Por isso, ia à lanchonete e colocava todo o ouro dentro das massas dos bolos. A senhora estava encostada

Exausta de ter que brigar pra conseguir o mínimo, de ter que implorar para ser tratada como cidadã. Nos postos de saúde, nos bancos, no INSS, tudo uma imensa batalha. Um sistema feito pra gente desistir, corromper, barganhar, pra resolver na base do jeitinho, do favor pessoal. Somos um país de vencidos, mãe! Um país sustentando por uma multidão de mulheres sozinhas que carregam os filhos, os pais e os parentes no lombo e que são fortes porque não têm outra opção. O problema é que a luta de uma pessoa não importa pra uma multidão. E a nossa batalha cotidiana não importava, de fato, para ninguém... Nossa musculatura emocional foi malhada no abandono, na pobreza, na necessidade de garantir a comida na mesa e de criar as nossas próprias formas de resistência.

Quando dormia, tinha repetidas vezes o mesmo sonho. Eu era pequena e estava perdida no meio do elevado. Escutava a senhora me chamando para entregar o bolo para uma cliente, mas o caminho estava obstruído por milhares de carros parados que peidavam fumaça. Sabia que a senhora me daria uma surra se eu me atrasasse. Por isso, pe-

vantava, tinha cinquenta ou cem contos debaixo da santa ou da nossa foto com o papai.

Depois de alguns meses, a mulher dele descobriu tudo e passou a frequentar o mercadinho diariamente pedindo informações sobre mim na vizinhança. Ela achava que eu ameaçava o patrimônio da família, que se resumia a um sobrado de esquina, o mercadinho e um sedan 2009. Eu ignorava as ofensas dela e realmente entendia seus motivos, mas não suportava que ela achasse que os interesses dela eram mais legítimos do que os meus. Rui preferiu dar um tempo, mas nós nunca perdemos o contato de fato. Ele me ligava diariamente e trocávamos mensagens o tempo todo. Permanecíamos virtualmente alimentando a mesma história, apesar de não nos vermos mais. Ele falava que ia se separar, que ficaria comigo e toda aquela série de promessas que eu sabia que nunca se cumpriria.

Enquanto isso, a senhora continuava vivendo o teu próprio tormento mudo. Eu não tinha mais o dinheiro do Rui pra ajudar nas contas nem a certeza de que tudo ia acabar bem. Passava as noites acordada pensando no que fazer. Estava exausta, mãe!

tar minha nova vida ao teu lado, mãe. Sob a condição de reinventá-la em meus próprios termos.

O mais engraçado, mãe, é que a torneira continuava pingando, mas ela não me incomodava mais.

Em uma das nossas caminhadas, eu conheci o Rui, dono do mercadinho. Era mais velho, engraçado e adorava puxar conversa com todo mundo. Foi o cara que segurou a minha barra, que me apoiou e me ajudou a permanecer de pé. Eu aceitava seus carinhos e seu dinheiro. Fazia parte do nosso jogo, mãe. Nunca precisei pedir nada – e nem o faria – mas ele sabia que me fodia com o pau e com a grana. Foi uma experiência completamente diferente de tudo o que eu vivi até então. Eu, que sempre procurava alma no pau, descobri que a alma dele tinha um preço, assim como a minha buceta ou o meu cu. Foram seis meses de respiro. Nenhum exigia do outro mais do que poderia dar. Ele não tentava me controlar. Assim como eu tinha certeza de que não era a única (e definitiva) perversão da vida dele. Ele fechava o mercadinho, esperava a senhora dormir e me comia sem pressa, deixando sempre algum trocado para as despesas ou algum produto para a nossa casa. Quando eu le-

bém podíamos transformar aquela solitária num improvisado lar.

Reunimos na nova casa o presente, o passado e a possibilidade de futuro. Fui me reerguendo: fiz alguns frilas, levei muitos calotes. De um jeito ou de outro, eu me reinventava olhando nos olhos do corvo. Decidi abrir as janelas, limpar a casa, deixar nossa vida mais colorida. Comprei uma estante usada e fiz dela a minha biblioteca. Arrumei meus livros, nossas fotos e a sua santa. Eu sentia o mundo de uma forma muito mais delicada e profunda. Tinha a impressão de que a única solução para suportar o mundo era recriá-lo em um novo contexto.

Trancada naquela sala com meus livros, o mundo me oprimia menos. Ali, eu o filtrava. Me tornava capaz de deitar ao lado da fera embalada pelo seu respirar. E, quando se passa a fazer isso repetidas vezes, a gente percebe que o respirar do mundo é o mesmo que o nosso. Eu não sangrava mais porque não tinha mais tanto medo. Substituí o desejo de paz pela aceitação do mundo louco, desejando tornar todos esses sentimentos puro calor incendiário. Essa foi a forma que consegui para acei-

Paguei algumas das dívidas e, com o bocado que nos restou, pude comprar apenas uma casa de quatro cômodos no extremo sul da capital. Na mudança, fui na despensa onde a senhora guardava todas as suas tralhas. Ali, naquele calabouço de memórias, encontrei meus livros. Os livros que me formaram e que me tornaram o que eu sou. Chorei como se tivesse encontrado naquelas páginas amareladas a verdadeira Alice. A Alice que a senhora procurava e não encontrava. A mesma menina sem as velhas ingenuidades.

Cortei e pintei os cabelos e nos exilamos. Mudamos para a nova casa sem nenhum adeus. Tia Vera nos ajudou um pouco até eu encontrar alguns bicos. Me adaptei à rotina de delírios, remédios e soníferos. Conversava com a senhora nas orações. Eram os momentos mais delicados. Nos escassos momentos de tranquilidade, cantávamos juntas, cozinhávamos, e esses momentos justificavam todo o tormento. Finalmente, a gente se aproximava, não mais como mãe e filha. Mas como duas mulheres sentenciadas pelas circunstâncias. Estávamos presas na mesma cela da vida e descobrimos que tam-

marmos juntas. Eu ia deitar pensando "de amanhã não passa". Mas adiava para outro dia e para outro dia e para outro dia e para outro dia...

Vagava pelas ruas procurando bicos e uma saída. O mundo não espera que a gente se recupere, mãe! Lá estava eu, de novo, fazendo as contas, vendendo nossas coisas, receptando mercadorias, tirando daqui, colocando acolá. Falava com os vizinhos, pedia contatos, indicações, até que consegui trampo num armarinho perto de casa. Não tinha com quem deixar a senhora. A grana estava curta e tive que deixá-la trancada e sozinha no apartamento. Dei seus remédios, esperei a senhora ir deitar e saí. Quando voltei, a senhora estava inconsciente, a pressão altíssima. "Princípio de derrame", me informou o médico, indiferente. Não lembro como chegamos àquele hospital, nem quantas promessas eu fiz. Nunca mais voltei ao armarinho.

As contas se acumulavam e os juros nos engoliam. Foi, então, que eu decidi vender o apartamento. Era a melhor forma de pagar todas as dívidas e sair, de uma vez, daquele lugar impregnado de barulho, lembranças e tristeza. Vendi o apartamento por um preço muito abaixo do que ele valia.

conhecia, apesar da familiaridade dos nomes e das circunstâncias. As histórias da família que eu ignorava, mas que eram a chave para entender o mistério que me criou. Um emaranhado de culpas, medos e proibições, com figuras que iam e vinham num caleidoscópio de lembranças que eu sequer imaginava decifrar. Aceitei cada um dos teus fantasmas, mãe. Entendi que a vida da Eugênia, da tia Maria Lúcia, da Quitéria era o que dava sentido à tua própria vida. Você tinha que perpetuá-las em teu delírio como eu deveria fazer o mesmo em nome de todas nós.

Meus dias eram os intervalos de vários surtos. Eu não dormia mais. Qualquer ruído, um sobressalto. Os amigos não atendiam mais as minhas ligações. Um ou outro emprestava alguma grana. Com o tempo, me tornei aquela *persona non grata*, que não acompanha o "debate atual", alienada das coisas do tempo, e que só tinha um único assunto: a doença da mãe. Cogitei abandonar a senhora, mas eu sabia que tinha responsabilidade legal e seria denunciada se fizesse isso. A ideia da morte me rondava. Misturar todos os seus remédios na sopa e to-

um sarro. Uma noia passou por mim e gritou: "Eu sou você amanhã, patricinha do caralho". Aquela frase ficou impregnada na minha mente como uma tatuagem horrenda que eu não tinha como apagar. Quando cheguei em casa, encontrei a senhora completamente suja, desgrenhada, vagando como um zumbi. A senhora procurava sua irmã, Maria Lúcia. A Maria Lúcia que não existia mais, mãe. Entre palavras sem sentido, a senhora apelava para a Virgem Maria, que nunca a escutou. Foi aí que me travesti de santa, mãe. Pra senhora ter ao menos alguma resposta para as tuas súplicas. Naquela arena improvisada, duas personagens transformadas pelo teu delírio. Eu: a santa degredada, a filha de Eva. A senhora: a devota, com uma fé insana que não enxergava nem o próprio abandono.

A santa nos uniu no nosso imenso vazio. Ela te obrigava a me olhar cara a cara e a contar os teus piores medos. Eu, acostumada ao silêncio impaciente que seguia as minhas perguntas, deixei que a santa traduzisse tudo o que sempre ficou calado entre nós. Coisas que me escapavam nesses retalhos de memória. Pedaços de uma vida que eu não

Comecei a procurar o Anderson pelos bares, depois que a senhora dormia. Ninguém sabia dele. Enchia a cara, chorava depois de muitas garrafas e entrei numa série de relacionamentos fortuitos e destrutivos. Me sentia decadente como aquele bairro do Centro: velho, feio, abandonado, marginal.

Enquanto isso, tua doença avançava. Os remédios na dosagem máxima e os surtos cada vez piores. Eu pegava umas revisões, mas não conseguia entregá-las no prazo. A minha dor se confundia com a sua, e vivíamos num imenso caos. Não sabia mais o que era o teu delírio ou o meu. Compreendi que a loucura não é uma opção, mãe. Talvez, já não houvesse mais diferença entre a minha e a sua senilidade. Liguei para a mulher do Anderson várias vezes. Comecei a telefonar para a casa dele de madrugada, bêbada, xingando, fazendo ameaças.

E o plén, plén da torneira que não parava de pingar...

Um dia, a senhora surtou por doze horas seguidas, lembra? Tranquei a senhora em casa e saí andando pelas ruelas do Centro, sem rumo. Chapei geral. Encontrei dois africanos e ficamos tirando

tamento e olhei para baixo projetando meu corpo na calçada. Debaixo do prédio, eu vi um homem no bar. Anderson bebia com os amigos e começou a dizer baixarias pra mim. Em vez de me matar, mandei ele subir. Trepamos ali mesmo na escada. Fumamos, tomamos cerveja e transamos mais e mais.

No começo, não queria nada com ele. Achava um cara vulgar, folgado e machista. Mas precisava dele pra me sentir viva de novo. Compartilhávamos a noite, prazeres, bebidas, drogas e parceiros. Me viciei no Anderson. Sentia necessidade daquele corpo, do meu amor marginal. Me acostumei a viver depois das nove da noite. Ficava o dia todo esperando o teu último remédio, mãe. O momento em que a senhora ia dormir para eu finalmente acordar. Por três ou quatro horas, eu era dona da minha vida, do meu corpo, da minha história. Sabia que esse relacionamento tinha prazo de validade e já estava vencido. Mas me tornei completamente dependente daquelas horas de prazer. O dinheiro nunca era suficiente, nem o meu amor o bastante. Tentei esgarçar aquela história o máximo que pude, mas não adiantou. Ele simplesmente sumiu.

outra metade, se orgulhava de ter síndrome do pânico. Chegava em casa completamente sem energia e tinha que enfrentar mais uma noite de gritos, delírios e alucinações.

E aquela torneira que não parava de pingar...

Eu sentia urgência de vida. Dar outro rumo para a minha história. Alguns dias eram de puro horror. "A vida é crua. Faminta como o bico dos corvos", me lembrava Hilda Hilst. E eu me sentia devorada viva pelos corvos do Mercado. Não cumpria as metas estipuladas, faltava demais, chorava depois de ouvir gritos histéricos do outro lado da linha e, em casa, era aquela sequência de remédios, alucinações e tédio. Até que surtei no trabalho. Mandei um cliente ir tomar no cu. Disse a ele que pegasse aquela cobrança indevida e enfiasse no cu junto com a merda do celular e da operadora. Derrubei a ligação, tirei o fone de ouvido e mandei todo mundo ir se foder.

Voltei à estaca zero. Minhas amigas diziam que eu precisava me cuidar. Mas entrei numa espiral de angústia da qual não sabia mais como me libertar. Uma noite, depois de quase trinta horas sem dormir, eu pensei em me matar. Fui até a varanda do apar-

a minha bolsa, a autoestima e o meu sustento. De repente, eu estava de volta ao apartamento da Santa Ifigênia, completamente sem rumo. Não tinha mais nenhuma perspectiva, nem um centavo e todas as responsabilidades do mundo.

O dinheiro acabou, os remédios se multiplicaram e os surtos pioraram, eu numa solidão

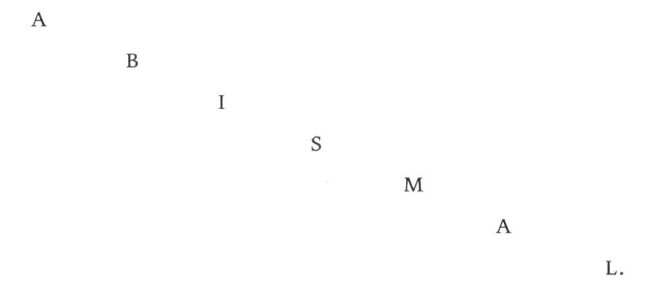

A
    B
       I
          S
            M
              A
                L.

Eu olhava para a senhora apavorada, lembra mãe? Simplesmente, não sabia o que fazer. Consegui um emprego num *call center*. Via as minhas colegas de trabalho adoecendo, definhando, sucumbido aos xingamentos diários. Metade tinha depressão. A

Ia poucas vezes a São Paulo. O mestrado nunca foi o verdadeiro motivo, mãe. Não ia porque eu não gostava. Não suportava ver que nada tinha mudado desde a minha saída: o Luís continuava um encostado, e a senhora continuava trabalhando feito uma louca para pagar todas as merdas que ele fazia.

Até que veio a doença. Quando a fonte secou, o Luís simplesmente arranjou uma outra mulher para sustentá-lo e jogou toda a responsabilidade nas minhas costas. Ainda tentei, por um tempo, me dividir entre a minha casa e a tua. Queria manter o controle da minha vida, ao menos duas vezes por semana. Mas o meu orientador começou a reclamar do meu projeto, da minha falta de dedicação à pesquisa, que se arrastava pelo tempo e não avançava. Parou de responder aos meus e-mails e não atendia mais os meus telefonemas. Até que, um belo dia, falou para o grupo de estudos que eu usava a senhora como desculpa para a minha falta de comprometimento. Não podia suportar aquilo e explodi. Respondi que na verdade o que ele não suportava era orientar alguém se não fosse em troca de sexo. Ele suspendeu a minha orientação. Perdi

nho fraco, que repetia sem parar as mesmas piadas e frases de efeito para impressionar meia dúzia de adolescentes. Confesso que me senti aliviada pelo aborto. Por um caminho tortuoso, ele acabou me levando para o destino certo.

Terminei a faculdade, consegui me manter, razoavelmente, com a bolsa do mestrado e alguns bicos como revisora de textos. Dava aulas em projetos do Terceiro Setor, fazia cursos de extensão e me dedicava, intensamente, à minha pesquisa. Acabei tendo um caso com o meu orientador. Não tinha paixão, mas eu conhecia bem as regras da corte. Aquele homem era poderoso. Um gênio, que eu admirava com devoção. Sabia que estava diante de uma pessoa que me abriria muitas portas e me orgulhava de dividir com ele a minha intimidade. Me dei ao luxo de fazer pós-graduação e de me tornar uma pequena burguesa. Fumava minha maconha, frequentava grupos de estudos, participava de congressos e seminários, militava, falava das coisas da vida com a gravidade de quem pensa o mundo. Que pretensão, mãe! Realmente eu achava que compreendia o mundo.

era a única possibilidade que tinha para transformar a minha vida. Não tinha consciência plena disso na época, mas já desconfiava que esse era o único caminho. Entrei em Letras em Araraquara, e nunca vou me esquecer do teu rosto, mãe. Do teu assombro e do teu orgulho. Não vou me esquecer das noites anteriores à minha mudança, em que tu velavas meu sono chorando. Eu fingia que dormia porque tinha medo de desistir, mãe. Me sentia como meu pai: te abandonando outra vez.

Fui pra residência universitária; depois, para uma república, e me virava em mil para me sustentar por lá. Os dois primeiros anos foram intensos, com festas, paixões, uma liberdade que, até então, eu não tinha experimentado. Bebia, fumava, trepava. Militava. Entre uma festa e outra, criava tempo para o movimento estudantil e lutava por uma ou outra causa. Só fui encontrar o professor do colegial anos mais tarde. Eu já estava envolvida com minha pesquisa de mestrado sobre Literatura e História, participava de milhões de debates e seminários, e lá estava ele tentando me impressionar com assuntos sem a menor relevância. Era um tipi-

Senti uma vontade louca de conhecer o meu pai nesse período, mãe. Ele saiu de casa quando eu tinha apenas dois anos, e precisava saber quem era aquele homem que, mesmo tão distante de nós, ainda causava tanto impacto na nossa rotina. Entrei em contato com alguns parentes, com amigos da família e, finalmente, descobri onde estava o meu pai. O que nunca contei, mãe, é que fui me encontrar com ele num bar na Zona Norte. Eu fiquei chocada com o que vi. O pai era um sujeito absolutamente comum! Mãe, ele não tinha nada a ver com a descrição que você fazia dele repetidamente. Não era bonito como você falava, nem inteligente, sequer o canalha que você pintava. A única preocupação dele era afirmar que a situação estava difícil e que tinha mais quatro bocas pra sustentar. Ele era escancaradamente um ordinário. Um cara sem atrativo algum, bêbado e vazio de sentimentos. Mas eu entendi: a senhora tinha que aumentá-lo pra não se sentir tão diminuída. Fui embora sem nenhum abraço, sem nenhuma justificativa e com a certeza de que nunca mais veria aquele sujeito.

Estudei. Estudei com afinco para passar no vestibular e sair dali. Me dediquei aos estudos porque

destruída por causa dessa gravidez, e me abandonou. Fiz tudo sozinha. Minhas amigas me ajudaram a arranjar o dinheiro pra tirar a criança e cuidaram de mim. Cuidaram da hemorragia e do meu medo de morrer. Nunca me esqueci daqueles dias, mãe. Com ele, eu aprendi mais do que História: aprendi que meu desejo estava repleto de violência. Eu tinha que escolher se ia viver essa violência dentro de uma instituição ou se iria segurá-la pelos chifres. E eu escolhi, mãe: preferi compartilhá-la com desconhecidos no momento que eu quisesse a vivê-la diariamente em doses homeopáticas.

A senhora notou que eu estava diferente, que alguma coisa tinha mudado em mim. Mas nunca me perguntou o que aconteceu. Naquela época, a muralha de silêncio começou a ser construída entre nós, e já estava tão grande que não arriscávamos atravessar a fronteira. Eu me sentia perdida, sozinha. Ao mesmo tempo, um alívio enorme. Estava livre da repetição do teu destino. Entendi que, naquele momento, não foi só o meu filho que morreu. Morreu também toda e qualquer ilusão. Não ia mais ter filhos. Não seria mais a parideira que tu sonhavas.

Foi por isso, mãe, que eu insisti tanto para mudar de colégio e não porque a escola era ruim e os estudantes usavam drogas. Eu falei das drogas para te convencer.

Na nova escola, tive um professor de história que mudou tudo. As aulas dele eram incríveis, e me fizeram entender meu lugar no mundo, de onde eu vinha e o contexto que me cercava. Ele ampliou a minha percepção da realidade, a consciência e o interesse pelos estudos. Me falava de um mundo novo e da possibilidade de transformação dessa sociedade careta, caduca e injusta. Eu acreditei, mãe! Foi uma época cheia de entusiasmo, de amor pela vida, de interesse pelos outros. Ele me via! Ele enxergava em mim um talento que eu nem sequer sabia que tinha. A gente se envolveu. Me envolvi em projetos sociais, no movimento estudantil, estudava como uma louca para estar à altura dele. Queria que ele sentisse orgulho da sua obra, que era eu.

Até que veio a gravidez. Ele ficou apavorado, é lógico. Ele ficou com medo de que isso acabasse com o casamento e a carreira dele. Medo do escândalo. Disse que ia perder o emprego, que a vida dele ia ser

era uma menina. E ela se transformou no grande monstro da nossa família! Aos dezesseis anos, encontrei essa mulher bebendo num bar: pintada, alegre e de bem com a vida. Eu pensei: melhor do que ser a esposa traída é ser a amante de si mesma.

Isso me fez escolher um caminho radicalmente diferente do seu. Um dia, eu estava saindo da escola, e um carro parou. O cara tinha trinta e três anos e me ofereceu uma carona. Ele só me pediu uma coisa: para tirar o tênis e mostrar o pé. Ele beijou o meu pé com tanta devoção e com tanto sofrimento, que eu percebi que aquela experiência me levava prum outro lugar. Cheguei em casa estranha. Eu tinha um segredo! Não entendia qual era a necessidade que aquele homem tinha de chupar o meu dedão e também não compreendia o prazer que ele sentia com aquilo. Mas, por mais bizarra que fosse essa experiência, eu gostei! Gostei porque eu me convenci que tinha um poder. Um poder que me levava, definitivamente, para outra direção.

Essa história durou pouco. Tempo suficiente para descobrir o ridículo daquele sujeito careca, feio e inseguro que ficava excitado cheirando o meu pé.

que adiantou a tua moral, mãe? No que a tua moral resultou para nós? A tua moral não nos livrou da pobreza, do abuso, das humilhações. A tua moral não serviu sequer pra nos proteger.

A senhora sentia culpa, mãe, porque não conseguiu me livrar dos abusos do tio Antônio. Mas o que a senhora fez, efetivamente, pra me proteger dele? Todo mundo sabia o que ele fazia por anos e anos e anos e essa mesma moral permitia que todos convivessem com isso silenciosamente. Foram gerações e gerações compartilhando o segredo perverso daquele escroto. Quem foi mais perverso: ele ou vocês? A gente nunca falou sobre isso porque não era para ser falado. Tua culpa nos trouxe até São Paulo, mãe. A senhora chegou à conclusão de que não podia mais continuar morando com os teus filhos na casa da vó, convivendo, diariamente, com medo do Antônio. Ou com a tua culpa.

O que você não imagina é que a violência do tio Antônio foi menor do que todas as outras violências que eu sofri. Porque todas as outras eu consenti. Eu passei a ter inveja da amante do meu pai, mãe. Aquela mulher da vida, como todo mundo chamava,

lado! Mas eu não era nada. Eu era a cuidadora. Uma parte nebulosa da sua doença. Eu não era...

Agora, chegou a hora de você me escutar! Tu vai ter que me ouvir! Agora, tu vai escutar tudo o que tenho pra te dizer. Você vai saber tudo que sempre ficou calado entre nós. Eu vou ficar aqui o tempo que for preciso. Até que não reste mais nada a dizer. Até o teu silêncio dominar tudo novamente. Até tudo de nós apodrecer. Você nunca quis me ouvir porque não queria saber de fato quem eu era. Porque não queria admitir que nunca fui o que a senhora esperava.

Eu fui o teu troféu: a filha da costureira nordestina que conseguiu entrar na faculdade e se formar. Era o símbolo da tua vitória. Mas, no fundo, a senhora sabia que todo o meu esforço era para me diferenciar de ti. Eu não suportava, mãe, ver aquela cara de mulher de bem, resignada com a tristeza e com a própria dor. A mulher que lambia as próprias feridas e que imaculadamente se diferenciava do restante dos mortais porque tinha moral. A senhora falava da sua cruz, que éramos nós, com a certeza de que isso a tornava moralmente inabalável. Mas de

mais nada de meu? Mãe, qual de nós duas se transformará primeiro: tu no alimento dos teus vermes ou eu no tempo que me resta?

Qual o sentido de viver à sombra da morte quando se tem tão pouco pra viver?

Eu nunca entendi por que as pessoas insistem em viver. Nunca entendi por que as pessoas continuam vivendo, apesar de todo o sofrimento, apesar de toda a falta de dignidade, apesar de..., mas o que me fez continuar insistindo, mãe? Por dois anos, eu insisti mesmo sem acreditar em Deus, no Paraíso ou numa Salvação. Eu me vi só, no meio dos teus fantasmas, só no meio da tua loucura, só no inferno da tua doença. Chegou um momento, mãe, em que eu não sabia mais se existia mesmo ou se eu era apenas um delírio seu. Eu passava dias mergulhada nos seus surtos e me perdi no teu imenso vazio.

O que há do seu delírio em mim, mãe? De que modo a morte nos aproxima ou a lucidez nos afasta? O que há de mim nas tuas rugas, nas tuas poucas memórias ou no teu cansaço? Onde estou na névoa da sua mente, mãe? Eu estava o tempo todo do teu

de mim depois de todo esse tempo? Mãe, quais as migalhas de vida que ainda me restam?

Eu fugi tanto da senhora, mãe! Nunca entendi as tuas escolhas. Eu tentei tanto me distanciar de tudo que era você. A sua menina – de quem você sentia tanto orgulho por ter se formado – só fez isso para não ser você. Passei na faculdade no interior para sair de casa, mãe. Só pra ter uma vida diferente da tua. Eu queria outro destino, mãe. E olha onde fui parar! Eu me tornei a filha solteira que cuida da mãe. Me tornei essa mulher sem graça, que pinta os cabelos e se passa por santa pra você finalmente me ver. Perdi o meu mestrado. A minha bolsa. As minhas revisões. Não tenho mais nenhum amante. Não tenho pra onde ir. Cadê a tua santa, mãe: por que ela não tá aqui pra nos ajudar?

Será que a senhora está me vendo? Eu fantasiei tanto a tua morte, mas, mesmo quando é assim tão esperada, a morte é sempre brutal. Sempre medonha. Imprevisível. A morte é a total ausência. A morte é a sua falta dominando tudo. No fundo, eu devia estar feliz porque nada mais me prende a ti. Mas o que eu faço dessa liberdade se eu não tenho

O COMEÇO DO FIM E O FIM DO COMEÇO

No teu corpo inerte não vejo mais o tormento, a fúria, a loucura dos últimos dois anos. Onde está a senhora nesse corpo, mãe? Cadê você? Por que não grita? Por que não chora mais? Cadê os teus fantasmas? Mãe, me diz: você viu o papai? Me responde, mãe. Chega desse eterno silêncio!

Mãe, essa aqui não pode ser você... A senhora não é essa boneca de cera, pálida, sem vida. Você não para de me encher nunca! Não para de falar! Não fica quieta! Você me deixa louca, mãe! Cadê você? Me responde! Acorda, mãe!

Fui eu, mãe?

...

Há quinze minutos, a senhora estava aqui gritando, surtando, me atormentando. Como é possível esse corpo ser o teu se não tem mais nada de teu? Mãe, que comprimido separa a vida da morte? Qual a dose que te finda? Ai, mãe! O que vai ser de mim agora? Quanto tempo me resta? O que sobrou

O FIM

Acabou, mãe.

A C A B O U !

// 3 //

Alice.